AF131472

GIL CHUAT

POINTS D'INTERROGATIONS

© 2021, Gil Chuat
Édition : BoD – Books on Demand,
12/14 rond-point des Champs-Élysées, 75008 Paris
Impression : BoD - Books on Demand,
Norderstedt, Allemagne
ISBN: 9782322268887
Dépôt légal : Mai 2021

Couverture :
Cartes postales (détail), Gil Chuat, 2010
Collage, 9 x 19 cm

À Thérèse et Mirza,
Carmen et Paola,
Judith et Julie

POINTS D'INTERROGATION

Quelques questions
Et peu de réponses

Par quoi faut-il commencer ?

MAÏEUTIQUE
nom féminin

Philosophie : Méthode suscitant la mise en forme des pensées confuses, par le dialogue. Elle se définit comme l'accouchement des esprits.

Socrate, dans les œuvres de Platon

Par le biais de questionnements, l'esprit du questionné parvient à trouver en lui-même les vérités.

Végétal – animal

Est-ce qu'on peut raisonnablement être à cheval sur quelque chose d'autre qu'un cheval ?

◻

Quelles sont les relations entre végans et plantes carnivores ?

◻

Maquereau. Quelle logique entre ce pauvre poisson et un souteneur ?

◻

Comme engrais, on met du fumier au pied des rosiers. Comment ça se fait que les roses ont un parfum complètement différent ?

◻

Pourquoi une patte de lapin porterait bonheur ?
Surtout si on songe que la bestiole est morte et/ou estropiée.

◻

En plus et au contraire, prononcer le mot « lapin » sur un bateau porte malheur (il bouffait les cordages). S'il est vraiment nécessaire d'en parler, on le nomme « langouste des prés ».

◻

Le tigre, le guépard, quand ils sont en train de manger, ce n'est pas le moment de les déranger, feulement, grondement.
Le chat qui m'a griffé hier soir, il est vraiment de la même famille quand j'agite le sac de croquettes ?

◻

Il parait qu'on a résolu la question : est-ce que le

zèbre est un cheval noir avec des raies blanches ou un cheval blanc avec des raies noires ? Mais j'ai oublié la réponse.

□

Au Seaquarium, les poissons qui nous regardent de l'autre côté de la vitre, est-ce qu'ils trouvent qu'on a une drôle de tête ?

□

Qu'est-ce qu'on peut dire des mères hérissons, des hérissonnes, qui n'apprennent pas à leurs enfants à regarder de chaque côté de la route avant de traverser ?

□

Observe un singe : le seul endroit où il n'y a pas de poil, c'est sous les bras. Est-ce que l'évolution a fait de l'homme un négatif de singe ?

□

Il bouffé mon père, ensuite ma mère, alors de temps en temps, vous ne pensez pas que j'ai le droit de me payer un crabe aux halles de Nîmes et de lui broyer les pinces, histoire de rétablir lentement l'équilibre ?

□

Le pingouin ne vole pas. Au moins un oiseau honnête. Ensuite, on parle de la pie ?

□

L'autruche non plus ne sait pas voler. Est-ce qu'il existe des poissons qui ne savent pas nager ?

□

Noyer, je vois. Mais lorsqu'on sort un poisson de l'eau et qu'il meurt, est-ce qu'il existe un verbe ? Dénoyer, naérer ?

□

Les mille-pattes, ont-ils vraiment *mille* pattes ?

> Chez les scolopendres, il y a 30 paires de pattes, alors que les géophiles peuvent en compter jusqu'à 180 paires. Le record est détenu par l'Illacme plenipes d'Amérique : 375 paires de pattes.

Pour le mille-feuilles, c'est pareil.
On nous ment.

□

Les animaux à poil, sont-ils nudistes ?

□

Quelle parenté entre le saule pleureur et la mouette rieuse ?

□

Quand un éclair tombe sur une marre, est-ce que les poissons qui ne se sont pas mis à l'abri sont transformés en friture ?

□

À part les harengs, quoi d'autre est saur ?

□

Copain comme cochon : est-ce que les cochons ont vraiment des copains, enfermés dans leurs enclos ?

□

Pourquoi on dit « plein comme un œuf » alors qu'on a tous vu la poche d'air qu'il y a à une des extrémités ?

□

Quand on sort *pêche* (ou *pèche*) de son contexte, vous savez ce que c'est ? Poisson - fruit ? Moi, je ne me souviens pas.

□

Est-ce que les poissons rouges nous prennent pour Dieu ?

□

Comment une rose peut avoir une autre couleur que rose ?
Est-ce que ce n'est pas insensé d'avoir des violettes blanches ?
Ou des jacinthes et des pensées violettes ?

□

Et vous pensez quoi d'un verre en plastique ?

□

J'ai le même problème avec le chocolat. Maintenant tout le monde aimerait me faire croire que le seul valable est le chocolat noir avec je ne sais quelle proportion de cacao (très amer, beurk), mais la couleur

« chocolat », c'est bien la couleur du chocolat au lait, non ?

Je refuse d'entamer le débat sur le chocolat blanc.

◻

La plupart des animaux ont une saison pour la reproduction, comment l'homme a-t-il réussi à outrepasser cette donne ?

Qu'est-ce que ça donnerait si tous les bébés naissaient la même semaine ?

Il est vrai que dans ce domaine, on ressemble aux rats.

◻

Maya l'abeille, personne ne s'est rendu compte que c'était une guêpe ?

◻

Quelle est la vraie couleur du caméléon ? Je me suis dit qu'il fallait le suspendre en l'air au bout d'une ficelle attachée à sa queue, mais bon, il est encore capable de prendre la couleur de la ficelle. Transparent ?

◻

Comment ça se fait que les saumons et les oiseaux migrateurs arrivent à retrouver l'endroit où ils sont nés à l'autre bout du monde et que je ne suis pas foutu de mettre la main sur mes lunettes ?

◻

La végétation communique. Si une girafe arrache des feuilles à un acacia, sur les arbres alentour toutes les feuilles deviennent amères, les girafes doivent changer de lieu. Un cri d'alarme de la végétation.

Je pense aux hurlements du gazon et de la carotte. Quelqu'un a averti les végétariens ?

◦

Le plus important groupe de nourriture pour animaux, c'est Purina. Le purin c'est même pas de la m... c'est ce qui reste ensuite. Est-ce que je me trompe ?

◦

Est-ce que l'appellation de « rats volants » pour les pigeons est désormais acceptée ?

Pourquoi on appelle ces bestioles des seiches, alors qu'elles vivent dans la flotte toute leur vie ?

◦

On a eu une souris dans la cuisine. Ma mère l'a poursuivie à coup de balai. Je lui ai demandé pourquoi elle voulait la tuer puisqu'elle allait apporter des pièces de 5 francs sous les oreillers.

◦

L'œuf ou la poule ? Je refuse de trancher, je mange les deux.

◦

La chenille se traîne toute sa vie à raz du sol. Ça lui fait quel effet de se retrouver avec des ailes ?
Comment elle sait qu'elle peut voler ?

□

10 décembre, journée mondiale pour la protection des animaux. Faut-il avoir une pensée émue pour les acariens de mon coussin, les moustiques et en particulier les moustiques-tigres, les scorpions, les vipères, les tiques, les morpions et les punaises de lit ?
En plus, je déteste les singes, c'est moche et agressif. Et les chiens qui garnissent les trottoirs et leurs maîtres qui ne ramassent pas... Sales bêtes !

□

Il paraît que les fourmis traient les pucerons, mais qu'est-ce qu'ils regardent passer ?

□

Les chrysanthèmes, qu'est-ce que ces fleurs ont fait pour se retrouver sur les cercueils ?

□

« Tout est bon dans le cochon ». Qu'est-ce qu'elles en pensent les signataires de « Balance ton porc » ?

□

Vu un documentaire sur les chamois et leurs acrobaties dans les pierriers dans Alpes. Ils voient où ils mettent les pattes de devant, mais quand ils courent, comment ils font pour tomber juste avec les pattes de derrière ?

□

Comment les marmottes savent qu'elles doivent bientôt aller dormir pour des mois ? Et quand elles doivent se réveiller ?

Est-ce que la girafe a peur du coup du lapin ?

31/07/2014. Le conducteur n'avait pas vraiment le compas dans l'œil. Une girafe trans-
portée dans un camion avec une de ses congénères a été tuée sur une autoroute sud-afri-
caine, à Pretoria. Sa tête, qui dépassait du
véhicule, a percuté un pont. Selon le media
local Eyewitness News : « Elle a succombé à
un traumatisme crânien ».

□

Les larmes du crocodile... dans l'eau du marigot... on
peut les voir ?

□

Le chien, le meilleur ami de l'homme, c'est quoi
cette connerie ? Si celui qui m'embrasse, c'est un
museau à moustache qui se plante dans le cul de ses
congénères et qui boit dans la cuvette des WC, j'ai
raté ma vie.

□

Dans certains villages d'Afrique, est-ce qu'il y a encore des lions et des panthères qui se promènent pour dévorer les enfants ?
Pour nous quelques renards et des fouines qui rongent les câbles de nos voitures. Dérisoire.

□

Je me demande quel goût les vers peuvent avoir.
Il faut se préparer.

□

C'est vrai que le chant du rossignol est un cri pour défendre son territoire ?
J'arrive pas y croire.

□

Dans notre période d'écologie et de bio, qui oserait encore graver un cœur sur l'écorce d'un boulot pour un amour éternel ?

□

Où l'araignée a-t-elle appris à tisser sa toile ?

□

LA cigogne, LA fouine, LA carpe, LA mygale, mais aux mâles de ces espèces, ça leur fait quel effet d'être toujours appelé au féminin ?
Parce que Monsieur Mygale, comme ça, à l'instinct, je l'aurais plutôt classé dans les machos.

□

Soulever un lièvre ou poser un lapin ?

□

Est-ce que le venin du serpent ou du scorpion a une date de péremption ?

□

Est-ce qu'il existe des croquettes pour chat *saveur souris* ?

Est-ce qu'il y a un rapport entre le fait qu'il y a de moins en moins de moustiques sur mon pare-brise et que, d'un autre côté, on m'annonce qu'ils sont de plus en plus dangereux comme le moustique tigre ou d'autres qui nous seringuent dengue, chikungunya ou paludisme. Est-ce qu'on a fait une sélection pour garder les pires ?

□

Le pivert qui donne des coups de bec sur les arbres, il n'a pas mal à la tête à la fin de la journée ?

□

Vus du ciel, est-ce que les humains ne ressemblent pas furieusement à ces insectes néfastes, teignes, punaises, moustiques et tiques, qui ont envahis toute la planète ? Des parasites.

□

Alors que ses congénères se pavanent au soleil, comment le papillon de nuit sait qu'il doit sortir la nuit ? Dans le noir, comment il fait pour trouver les fleurs à butiner ?

□

Si une grande partie des insectes table sur la discrétion pour survivre, s'adonne même au mimétisme, qu'est-ce qui est passé par la tête de la coccinelle ?

CUISINE ET SALLE À MANGER

Quand ils parlent de cuisine, pourquoi les spécialistes se gargarisent de tout un vocabulaire incompréhensible ?

Ils n'auraient pas un peu peur de la concurrence ?

Chemiser le moule, blanchir le mélange, cuire à sec, à blanc, abaisser la pâte, monder la tomate, écaler, étuver.

Lardoire, lèchefrite.

Duxelle, fond de volaille, brunoise de carottes, mirepoix.

J'aime bien :

Dresser le plat (non, on essaie pas de le maintenir debout, en équilibre sur un côté)

Mariner (non, rien à voir avec les navires).

Une entrecôte persillée (non, pas de persil).

Un roux (non, pas de cheveux).

Singer la préparation (non, pas de bestiole).

Vanner la crème (non, on lui dit rien de méchant).

Dégorger le concombre (non).

❑

Foncer le moule. En général, les pâtes sont à base de farine, donc plutôt blanches. Est-ce qu'on ne devrait pas dire *éclaircir le moule* ?

❑

Arriver à point c'est arriver juste, mais cuire à point est considéré comme illégitime par les cuisiniers, ça doit être sssaignant.

Beurk ! Est-ce qu'ils ont compris le sens de ce mot ?

❑

Si ma cuisinière n'est pas une gazinière, est-ce une

électrinière ?

Pourquoi une *bouchée à la reine* est beaucoup plus grandes qu'une bouchée ?

Pourquoi on l'appelle aussi vol-au-vent ?

> Le terme de gâteau vole-au-vent apparaît en 1750 dans le *« Dictionnaire des alimens, vins et liqueurs, leurs qualités, leurs effets relativement aux différens âges, & aux différens tempéramens ; avec la manière de les apprêter, ancienne et moderne, suivant la méthode des plus habiles chefs-d'office & chefs de cuifine de la cour & de la ville. Ouvrage très utile dans toutes les familles par M. C. D. chef de cuifine de M. le prince de *** »* [i.e. Briand].

Il est appelé ainsi à cause de sa pâte légère.

Je prépare une omelette, le cul-de-poule, ça va, pour battre mes œufs ?

□

Est-ce que quelqu'un a songé à fonder un comité de défense des œufs battus ?

□

Bain-Marie. C'est qui celle-là ?

> Composé de *bain* et de *Marie*, nom d'une alchimiste appelée aussi Marie-la-Juive qui aurait inventé ou amélioré cette technique. Selon une autre tradition, Miriam (nom hébreu de Marie) aurait été l'auteur de traités d'alchimie; on a aussi supposé qu'il pourrait s'agir de l'intégration symbolique de la Vierge Marie à la mystique ésotérique des alchimistes.

□

Le téflon est anti-adhésif, alors comment on l'a collé au fond de la poêle ?

□

« La rate au court-bouillon », là il y a du taf entre : est-ce qu'il existe un long-bouillon ou est-ce que quelqu'un a déjà goûté de la rate ?

□

Qui a inventé le sucre en morceaux ?

> De 1843 à 1949, les inventeurs se succèdent pour perfectionner les techniques de fabrication : Jacob Kristof Rad, Eugène François, Théophile Adant, Louis Chambon.

□

Hamburger. Qui se souvient qu'on pourrait traduire

par « petit pain garni venu de la cité du jambon » ?
Et pourquoi ils parlent de jambon, alors qu'en prin-
cipe, c'est du bœuf ?

□

Qui a inventé le superbe « pommes de terre en robe
des champs » ?

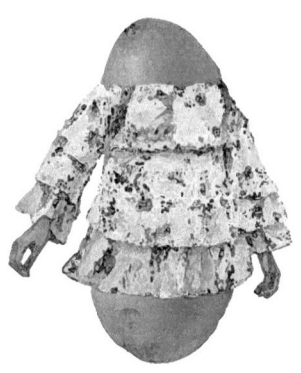

On trouve une expression plus ancienne,
« pommes de terre en robe de chambre » attestée
dès 1859 dans Le Cuisinier praticien ou La Cuisine
simple et pratique, de C. Reculet et, en 1869, le
Grand Dictionnaire universel du XIXe siècle, de
Pierre Larousse, indique que cette expression est
alors devenue plus courante que « pommes de
terre en chemise » qu'on retrouve aujourd'hui dans
« ail en chemise ». L'expression, « pommes de
terre en robe des champs », plus récente, n'est citée
pour la première fois qu'en 1923, dans un menu
publié par L'Écho de Paris. Selon Maurice Grevisse,
cette locution pourrait être une déformation, ou
une correction voulue, de la première.

Pourquoi n'y a-t-il pas de salon de thé dans les pays du sud ?

Eau-de-vie, eau de mort ?

Je me demande combien on doit récolter de kilos de fraises pour fabriquer les yoghourts des habitants du canton de Genève pendant une année ? Et on les cueille où ? Et qui les cueille ?

Pour agrémenter mes pâtes, j'ai acheté un bocal estampillé « tomates 100 % fraîches ».
Bon d'accord, elles ont été fraîches un jour, mais là, dans ce pot... ?

Confiture d'abricot et gelée de framboise, frites, épinards à la crème et pour finir une bonne glace au citron.
Et voilà : 5 fruits et légumes par jour, c'est pas difficile ! Quoi, la pomme de terre c'est pas un légume... ou un fruit ? Pomme.
Qui m'a soufflé que, quand il lui manquait un de ces fruits, il prenait une abricotine ?

Pourquoi certains ont peur des couteaux bien aiguisés alors que c'est précisément avec les couteaux qui coupent mal que la lame dérape et que les accidents arrivent ?

Quand on voit un charmant cochon rose ou la vache

et ses grands yeux, ça nous fait une très bizarre impression à l'idée de les retrouver dans notre assiette, mais pourquoi ça nous fait aucun effet quand on a, sous le nez, les frisottis d'une fraise ou les couleurs flamboyantes du poivron ?

Bon d'accord, j'élimine le céleri-rave.

Mais le chou romanesco, comment peut-on avoir le courage de détruire la perfection esthétique du chou romanesco ?

▫

En quoi le fait qu'un fromage soit « moulé à la louche » le rend-il meilleur ?

▫

Qui peut résister aux croissants chauds le dimanche matin ?

▫

Les mots qu'on met sur les choses, ça compte. Dans le domaine de la nourriture, est-ce que clafoutis n'est pas le mot plus étrange ?

▫

Brûlée, calcinée, carbonisée, charbonnée, cramée, embrasée, grillée, incendiée, incinérée, bref bou-

zillée ?
Non, seulement brûlée, crème brûlée.

□

Peut-on engager quelqu'un pour peler les oranges et les mandarines ?

□

Comment tu trouves la toque des cuisiniers ?

Un peu toquarde ?

□

Si, en Italie (son pays d'origine), on parle de LA Nutella, pourquoi chez nous, on est passé au masculin ?

□

On va au magasin bio parce que c'est bon pour la santé, enfin, disons moins mauvais, mais, une fois, est-ce que vous vous êtes dit : ça c'est vraiment bon, je vais revenir pour ça ?

□

Pourquoi *haricot de mouton* ? Y a pas de haricot.

Pourquoi *fromage de tête* ? Y a pas de fromage et pas de tête.

Avec le réchauffement climatique, ma pizza 4 saisons, elle va grandir ou rétrécir ?

Est-ce qu'il existe un légume commençant par la lettre « D » ?

Pourquoi les bouchers ne mettent plus jamais de crayon sur l'oreille ? Je me souviens qu'ensuite, ils donnaient un petit coup de langue pour écrire sur le papier gras.

- Y en a un peu plus, j'vous le mets quand même ?

LE DIABLE AU CORPS

Pourquoi les oreilles n'ont pas de paupières ?

À quoi ça sert, ces ridicules doigts de pied, uniquement à cultiver des champignons ?
Et les ongles qui vont avec, uniquement pour que les dames mettent du vernis rouge sang l'été ?

Pendant un temps, j'étais furieux de perdre mes cheveux, mais, objectivement, quelle est l'utilité de ces poils, à part faire la fortune des fabricants de brosses et de peignes ?

Le coccyx (merde comment ça s'écrit) est le reste d'une queue qu'on n'a plus, mais alors pourquoi on a gardé ce résidu ?

Est-ce qu'il existe des humains plus avancés dans l'évolution qui n'ont plus d'appendice ?

Imagine les narines dirigées vers le haut... quand il pleut.

Les yeux de velours. Où est le velours dans la boule humide de l'œil ? Ça doit être du velours côtelé avec une raie de cils sur la paupière.

En Afrique, les collants couleur chair, ils ont de quelle couleur ?

Et les pansements, ils sont noirs ?

Ce n'est pas recommandé de montrer son cul, mais c'est absolument indécent de montrer son sexe. Est-ce que ce n'est pas une nuance bizarre quand on pense que l'une donne la vie en regard de ce que l'autre éjecte ?

Si les enfants ont droit à des shampooings qui ne « piquent pas les yeux », pourquoi on continue à torturer les adultes ?

Où les nudistes mettent-ils leurs porte-monnaie quand ils vont faire leurs courses ?

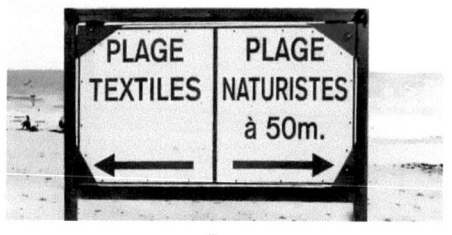

Les femmes s'obstinent bêtement à être les seules à porter et accoucher les enfants ; dans ce cas, comment dissiper les problèmes d'égalité des sexes ?

Pourquoi les chaussures sont trois fois moins tendres que les pantoufles alors qu'on y passe trois fois plus de temps ?

Une guillotine, pour les ongles des pieds ?

Pourquoi tout le monde a un frisson dans le dos en

regardant l'aiguille de la seringue se planter dans la veine ?

◻

Est-ce qu'on doit laisser le mari assister à l'accouchement ?
Ma copine Suzanne, qui travaille à la maternité, me dit que c'est une belle connerie.

> - Tu peux pas imaginer le nombre de mecs qui vomissent, qui se sentent mal ou même qui tombent dans les pommes. Et à ce moment-là, tu imagines, on a autre chose à faire que de s'occuper d'un crétin qui n'a pas de couilles ou, pour être exact, qui a juste su s'en servir une fois neuf mois plus tôt.

◻

Ceux qui filment l'accouchement de leur femme, ils vont montrer ça à qui ?

◻

« Se ronger les sangs ». Le sang, c'est pas un peu trop liquide pour être rongé ?

◻

Est-ce qu'on a bien fait de passer de *balance* à *pèse-personne* ?
OK, les balances ne balançaient plus, mais « pèse personne » j'aimerais mieux que ça pèse quelqu'un, en l'occurrence moi.

◻

Les muscles les plus puissants du corps sont ceux des fesses et de la mâchoire.
Pourquoi je ne peux pas m'empêcher d'y voir un aspect symbolique de cet arrogant animal huma-

31

noïde ? Le cul et la gueule.

Misanthrope, moi ?

□

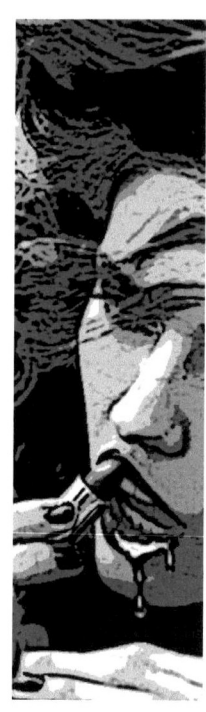

Lipstick. Est-ce que, pour ce qu'utilisent les Gothiques, on parle de *noir à lèvres* ?

□

Est-ce que l'apnée du sommeil est une forme de préparation à la plongée sous-marine ?

□

Pourquoi le manche de la cuillère à café est plus petit que celui de la cuillère à soupe, ma main, elle, n'est pas plus petite ?

Quand on a le ver solitaire, est-ce qu'on le sent?

Aux États-Unis, est-ce qu'on stérilise l'aiguille du condamné à mort ?

« Burn out » c'est *brûler dehors*, mais, en fait, c'est pas plutôt *brûler dedans* ?

Si on utilise le foie d'un drogué pour faire une greffe, est-ce que le receveur sera en manque ?

Si un vampire suce le sang d'un diabétique, est-ce qu'il risque des caries ?

Vous trouvez que le cœur, le vrai, a vraiment une forme de cœur ?

D'ailleurs, ce cœur de chair toute molle, est-ce qu'il peut être brisé ?

Pourquoi je tousse après m'être nettoyé les oreilles ?

Qui a, un jour, inventé le suppositoire et qu'est-ce qui lui en a donné l'idée ?

Je me demande combien on a de m² de peau.

> Sur un humain moyen, une surface d'un mètre cinquante à deux mètres au carré.

De « mange ta soupe si tu veux grandir » découle deux questions :
Et si je veux pas grandir (cf. Peter Pan) ?
Et si j'ai atteint 1,75 m., est-ce que je peux arrêter ?

▢

Ces expressions concernant le corps sont quasi innombrables ; on les utilise spontanément, mais est-ce qu'on a, un jour, pris conscience de ce qu'elles représentent ?

▢

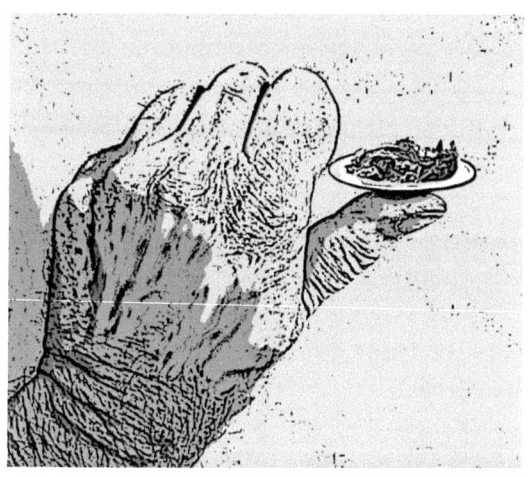

Quelqu'un a déjà réussi à manger rien que *sur le pouce*.

▢

Tirer les vers du nez, tu vois l'image ?
Et *la gorge nouée* ? Ou *se creuser la tête* ? *Le cœur sur la main ? Casser les pieds ?*
Mieux encore, *avoir un compas dans l'œil* ?

▢

Le ventre, c'est bien ce truc qui est dans la partie médiane, derrière le nombril ? On est d'accord que la grandeur est variable chez les individus. Moi, j'ai vérifié, même s'il s'est difficile de trouver le contour exact, on navigue entre 40 et 45 cm, alors pour avoir les yeux plus gros que ça, c'est assez difficile.

◻

Quand on se met le doigt dans l'œil, les larmes humidifient pour rééquilibrer. Mais quand on se tape sur le pouce avec un marteau, les larmes, en quoi elles aident ?

◻

Guy a le bras long. Ce déséquilibre, c'est pas trop moche ?

◻

Où est-ce que tu as laissé traîner un oreille ?

◻

Je l'ai vu de mes propres yeux... Quelqu'un a déjà essayé avec les yeux d'un autre ?

◻

Je suis allé voir les explications pour *se mettre le doigt dans l'œil*. Il semble que l'expression a été « raffinée » et qu'en fait, elle fait allusion à un orifice placé nettement plus bas.

◻

Certains se sont déjà penchés sur l'incohérence de *dormir sur ses deux oreilles*.

◻

Là, je me suis lancé *à corps perdu*, pour le reste, je donne *ma langue au chat*.

◻

Cette appellation « Eau de Toilette », c'est vraiment assez élégant pour un produit de ce genre ?

SPORT

Quand je vois les sportifs courir sur un terrain de football ou sur un court de tennis, pourquoi ça me rappelle toujours le chien à qui on a lancé sa baballe ?

❑

Il y a un canapé dans le salon, un mec vautré dedans, en face la télé où défilent footballeurs, cyclistes et rugbymen. Ce mec, comment ose-t-il parader avec l'étiquette de sportif, alors que son seul effort, c'est d'avoir traversé la pièce pour extraire la bière du frigo?

❑

Supporteur, tifosi, aficionado, fan, hooligan ?

Hooligan : Selon certains chercheurs, le mot serait mentionné dans des rapports de la police londonienne pendant l'été 1898 et repris dans les colonnes du journal Daily News en référence à un ivrogne irlandais notoire, Patrick Hooligan, régulièrement impliqué dans des bagarres

❑

J'aime bien le lancer du javelot ; préparation à une guerre antique. C'est l'illustration claire du passé, du dépassé. Quelqu'un imagine encore se rendre sur le champ de bataille d'une attaque nucléaire avec un barre de bois sur l'épaule ?

❑

Pourquoi on interroge les miss monde et les sportifs ? On a déjà entendu cent fois leurs mêmes conneries réitérées encore et encore.

Est-ce que la morale n'est pas en pleine distorsion quand les sportifs gagnent 10 ou 100 fois plus que les pompiers, les chirurgiens ou les infirmières qui sauvent des vies ?

□

Le catch, c'est du sport, de la comédie, du cirque, du ballet, du grand-guignol, du music-hall ?

□

Est-ce qu'un sportif angoissé met des rétroviseurs sur son vélo d'appartement ? Et une sonnette pour avertir celui qu'il va dépasser ?

□

Si on considère que la main pourrait être un symbole de l'évolution, l'essence de l'humanité tenant son outil, que dire d'un sport où on n'a pas le droit d'utiliser les mains pour taper dans le ballon ?

□

Le sport cérébral, c'est du sport ?

Rappel de la définition du Larousse :
Sport : Activité physique visant à améliorer sa condition physique. Ensemble des exercices physiques se présentant sous forme de jeux individuels ou collectifs, donnant généralement lieu à compétition, pratiqués en observant certaines règles précises.

□

Il y a aussi une liste plus ou moins officielle des « sports cérébraux » :
Belote, Bridge, Dames, Échecs, Go, Poker, Scrabble (marque déposée).
Pourquoi pas le Cube de Rubik, Donjons et Dragons ou Super Mario Bros ?
Moi, j'aimais bien Candy Crush Saga.

□

Dans la liste des sports, il y a la course de lévriers. Est-ce que les parieurs améliorent grandement leur condition physique ?

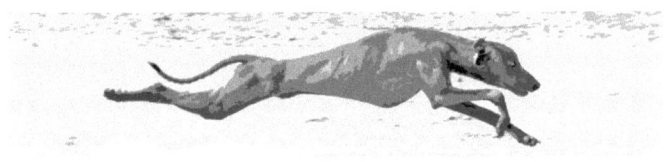

Auto, route et autres

Sur l'autoroute, est-ce que certaines personnes qui se sentent trop seules dans leur bagnole, s'arrêtent à une borne de secours pour échanger quelques propos avec l'employé ?

Est-ce que les employés des bornes de secours sont contents d'avoir un peu de distraction à cette occasion ?

□

Chaussée glissante, obstacles sur la route, conducteur en sens inverse. Pourquoi la radio des autoroutes n'annonce que de mauvaises nouvelles ?

□

Est-ce qu'on pourrait obliger la dame qui parle dans mon GPS à prendre des cours de théâtre, interprétation et pose de voix ?

□

Pourquoi le GPS me dit de prendre l'avenue Soret à droite, alors qu'il n'y a pas de plaque de rue et que, de toutes façons, je n'aurais pas le temps de la déchiffrer ?

□

Quand certains t'indiquent la route, pourquoi ils font la liste de toutes les rues que tu *ne dois pas* prendre et te disent de tourner *avant* le pont alors que tu ne peux pas voir le pont ?

◌

Panne d'essence :

- Quoi quoi quoi ! T'as pas fait le plein avant de partir. Mais comment tu fais pour être aussi con ?
- Je m'entraîne.

◌

Grande opération de contrôle de police sur l'autoroute des plages avec les départs en vacances. Résultat qui surprend tout le monde : 1 automobiliste sur 5 est positif au cannabis. Mais attention, ce bilan, c'est pour ceux qu'ils ont contrôlé. Si on tient compte du délit de faciès, ils n'ont pas arrêté beaucoup de petits vieux ou de familles avec enfants.
Je m'interroge : est-ce que toutes les statistiques sont fabriquées sur ce modèle ?

◌

Est-ce qu'un sens unique est un demi-sens interdit ?

◌

On peut gloser sur un verre à moitié plein ou à moitié vide, mais dans certaines circonstances, en particulier celles qui impliquent un engin automobile, la question n'est-elle pas : qui l'a bu ?

◌

Est-ce que le poste qui diffuse de la musique dans le cockpit de l'avion s'appelle un autoradio ? Un avion-radio ? Et dans l'hélicoptère ? Et dans le train ? Et dans le bus ? OK, *autobus* c'est déjà pris.

En cas de détresse dans un avion ou un bateau (incendie à bord, naufrage), une convention internationale a instauré l'emploi de « *Mayday* », répété trois fois, comme appel d'urgence.
Sérieusement, tu te vois crier « *Jour de Mai* » quand ton avion tombe en flammes ?

Maintenant, on applaudit lors d'un atterrissage réussi. Est-ce une rosserie de mes compagnons de voyage pour que mes mains tremblent en retirant mon bagage à main de la case qui surplombe mon siège et que mes jambes flageolent en descendant de l'escalier de la passerelle parce qu'ils m'ont ancré en tête l'idée rétrospective de l'accident en bout de piste qui aurait pu nous mener dans les décors et nous piéger tout le reste de notre vie dans une chaise roulante ou même nous tuer ?

□

LA PLUME

Arthur

et

les   chevaliers   de

la

table   ronde

Ce Graal qui a tant obsédé le roi Arthur, était-il si intéressant ?
méritait-il tant d'efforts ? D'autant qu'en fin de compte,
il reste mystérieux. Une coupe d'argent, un hanap
de verre ou un simple bol de bois évidé et sculpté ?
Qu'importe puisque son mérite est d'avoir recueilli
le sang du Christ. Objet réel ou symbolique ?
Qu'importe, il a motivé les chevaliers.
Mais d'abord, il faut trouver le
château qui se promène,
qui s'offre à vous,
n'importe où,
à condition
de le
mériter.
Le Roi Pêcheur,
Joseph
d'Arimathie,
vous accueille,
vous invite
à vous asseoir à sa table.
Soudain, une lumière irréelle resplendit.
Sa fille vous présente l'objet de la quête. Tout s'arrête.

Est-ce que le livre va disparaître ?

▫

J'ai lu un magazine de conseils pour les écrivains. Chapitre premier : il est essentiel de choisir un bon titre.

C'est vrai. Qui aurait envie de lire : « Les Illusions Perdues », « l'Étranger », « Crime et Châtiment » ou « Cent ans de Solitude ».

Mon préféré « les Misérables » ?

Pourquoi, de certains ouvrages très célèbres que j'ai lu, il ne me reste rien du tout, alors que des bouquins réputés secondaires me laissent un tas d'images dans la tête?

▫

Si Homère était aveugle, comment il s'en est tiré pour les descriptions ?

▫

À la bataille de Lépante, Cervantès perd l'usage d'un bras, est-ce qu'on peut dire que c'était le bon puisque ça ne l'a pas empêché d'écrire ?

□

C'est vrai que c'est Racine qui a écrit les pièces de Molière ?

□

C'est vrai que c'est Ben Johnson qui a écrit les pièces de Shakespeare ?

□

Comment se fait-il que des livres qui ont été des gloires réputées éternelles comme l'Hypnerotomachia Poliphili ou l'Astrée d'Honoré d'Urfé, qualifiés à leur époque de « livres les plus beaux du monde », sont aujourd'hui totalement illisibles ?

□

J'ai le souvenir d'un Monsieur de Montaigne très sérieux, mais est-ce que cette affirmation l'est ? :
« Le monde n'est qu'une branloire perenne : Toutes choses y branlent sans cesse, la terre, les rochers du Caucase, les pyramides d'Ægypte : et du branle public, et du leur. La constance mesme n'est autre chose qu'un branle plus languissant. Je ne puis asseurer mon object : il va trouble et chancelant, d'une yvresse naturelle. »

□

Non, rien sur les quatre mousquetaires.

□

Ma tête est coupée en deux entre la Bagdad des *Mille et une nuit* et une ville sous les bombardements. Est-ce qu'on peut me pardonner si l'imaginaire est plus présent dans mon esprit que le présent ?

□

Pourquoi a-t-on abandonné une bonne partie du vocabulaire rabelaisien ? J'affectionnais les « propos torcheculatifs ».

▫

Le titre complet c'est : *La vie très horrifique du grand Gargantua, père de Pantagruel, jadis composée par M. Alcofribas abstracteur de quintessence. Livre plein de Pantagruélisme.*
Ça rentre sur la couverture ?

▫

Pourquoi la littérature russe est-elle si triste ?

▫

Pourquoi la littérature sud-américaine est-elle aussi irrationnelle ?

▫

Pourquoi la littérature japonaise est-elle si tourmentée ?

▫

Est-ce qu'un vrai gars viril a le droit de lire « les Hauts de Hurlevent » ou « Orgueil et Préjugés » ?

▫

Ice Cream et Châtiment ?
Vieux souvenirs : sur les 728 pages de « Crime et

châtiments », y a-t-il une seule ligne qui ne parle pas de misère, de déchéance et de désespoir ?

□

Pourquoi personne n'avoue que Madame Bovary n'est qu'une enfant gâtée, capricieuse et idiote ?

□

« Moby Dick » ou « le vieil homme et la mer ». Ces mecs qui s'acharnent sur une obsession, est-ce que c'est une spécialité de la marine ? En plus, est-ce que ce n'est pas un peu vaniteux ?

□

Quasimodo. Où est-ce qu'il a dégotté ce nom-là ?

Au moyen-âge on se rend à Rome en pèlerinage pour Pâques. Mais voyager n'est pas évident. Pour ceux qui arrivent en retard à la fête, le pape instaure une messe *quasi identique « quasi modo »* le dimanche suivant le jour de la Résurrection.

Très pratique. Dans l'ensemble de la chrétienté, ceux qui étaient de service à Pâques auront congé ce jour là, du coup sur le calendrier ça devient le dimanche « quasimodo ». Et comme c'est sur le calendrier des saints, on peut le choisir comme prénom.

Après tout, ça ne choque personne qu'on appelle son fils Noël. Ou Pascal.

Est-ce qu'il y a eu des *Quasimodo* inscrits au registre des naissances après le succès de *Notre-Dame de Paris* ?

□

Aujourd'hui, est-ce qu'on doit dire que *Franken-*

stein n'a pas un physique facile ?

▫

Pour lire les bd, est-ce qu'il y a un endroit mieux adapté que les WC ? Rapide, pas trop besoin de concentration.

▫

J'écoute des livres audio et j'adore. Mais j'ai toujours un brin de honte. C'est de la flemme ou une adaptation aux possibilités modernes ?

▫

Alors que ma concentration ne m'a jamais permis de dépasser la trentième page, pourquoi je trouve que Proust lu par Trintignant, ça se digère bien ?

▫

- Dessine-moi un mouton.
- Mouthon-Cadet ou Mouthon-Rotschild ?

▫

Balzac, Zola avaient la volonté de décrire un panorama de leur époque et leur société. Quelqu'un a pris la place aujourd'hui ?

Dans ma tête, « exotique » c'est une mer bleue, des cocotiers et du sable fait de parcelles de nacre. Mais est-ce que le froid peut être « exotique » ?

> Exotique : qui appartient à un pays étranger, qui en provient : le mot qualifie le plus souvent ce qui a trait à des pays lointains, en particulier à des pays chauds (peut-être à cause de sa ressemblance avec tropique), mais ne contient pas en soi cette idée.
>
> *Larousse*

□

Irkoutsk, j'ai découvert cette ville chez Jules Verne. La destination de Michel Strogoff.

Irkoutsk, n'est-ce pas délicieusement exotique et imprononçable ?

□

« 20'000 Lieues sous les Mers ».

Une lieue vaut 4 kilomètres = 80'000 kilomètres.

Si on tient compte du fait que le point le plus profond des océans est la fosse des Mariannes dont les dernières mesures ont été certifiées à -10'984 mètres (10,98 km), est-ce qu'on peut affirmer, sans trop de crainte, que le Nautilus doit rudement racler le fond ?

Autre hypothèse, Jules a bien envoyé son submersible *vingt mille lieues* plus profond, *SOUS les mers*. Après tout et par ailleurs, il n'a pas craint le V*oyage au Centre de la Terre*.

Disons qu'il est descendu perpendiculairement à la surface ; si on prend en compte le diamètre de notre planète qui est d'une moyenne de 12'740 km, le capitaine Nemo a traversé l'océan, la croûte terrestre, un noyau brûlant, un autre océan et une bonne part d'atmosphère. Il est en lévitation à

69'260 km (80'000 – 12'740) quelque part au-dessus de la Nouvelle-Zélande. Probablement en train de faire ses repérages pour le roman suivant : *de la Terre à le Lune.*

12'740 km   Là !

□

Dans la version anglaise, Robin des Bois ne s'appelle pas Robin Wood, mais Hood, c'est-à-dire *le Petit Robert à la Capuche.*
Est-ce que les Anglais ont une vision différente du personnage?
Ils ne doivent pas l'imaginer tout de suite dans la forêt. Ils doivent ressentir plus de lien avec le petit Chaperon Rouge (Red Riding Hood).
En Allemand ou en Italien, on ne traduit pas, on le garde comme un nom propre. Alors *Addio, Robin Hood, conte di Loxley.*

□

Pourquoi les romans d'anticipation décrivent pratiquement tous des futurs terrifiants, des mondes totalitaires ou envahis de méchants extraterrestres ?
Ils ont même inventé un mot pour ça : « Dystopie ».
Est-ce que c'est uniquement pour me faire peur un soir de lecture, ou est-ce que je dois craindre pour l'avenir de l'humanité ?

Une *dystopie* peut être considérée comme une utopie qui vire au cauchemar ; l'auteur entend mettre en garde le lecteur en montrant les conséquences néfastes d'une idéologie ou d'une pratique contemporaine.

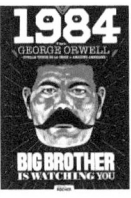   

□

Je suis tombé sur l'*Index,* c'est-à-dire la liste des livres proscrits par l'église catholique (index librorum prohibitorum), publié depuis 1559. Parmi les auteurs interdits de lecture aux bons-chrétiens, on trouve Rousseau, Zola, la Fontaine, Balzac, de Beauvoir ou Dumas père et fils.

Quand on voit qui figure dans ce catalogue, on hésite ; est-ce que ce ne serait pas, au contraire, le Gotha de la littérature.

Un ouvrage frappé par la foudre divine a ma préférence : le dictionnaire Larousse.

□

Charles Dodgson écrit une douzaine de livres dans

les domaines de la géométrie, l'algèbre linéaire, l'algèbre matricielle, la logique mathématique, et les mathématiques récréatives.

En fait, on le connaît.

Comment ?

Sous le pseudonyme de Lewis Caroll, il fait dégringoler Alice dans le pays merveilleux.

Il la fait passer de l'autre côté du miroir, comme Cocteau pour entrer dans son monde magique.

Ça a l'air sympa, quelqu'un pourrait me renseigner sur cette combine ? J'ai ce qu'il faut dans ma salle de bain.

J'aimais bien le logo de Larousse avec la dame qui souffle la culture.

Joli symbole, mais à la réflexion, je m'interroge ; est-ce que l'éditeur a, un jour, pris conscience qu'elle répandait les semences de pissenlit qui n'est rien d'autre qu'une mauvaise herbe envahissante.

POLAR

À qui profite le crime ?

□

Maigret et miss Marple couraient après des meurtriers qui n'avaient qu'un cadavre sur les bras. Notre époque en demande toujours plus, est-ce pour cela que les tueurs en série sont à la mode ?

□

Dans ses bouquins, Agatha Christie propose des scones au citron (Une poche pleine de seigle), une soupe de tomates (L'aventure du pudding de Noël) ou le Bread and Butter Pudding (Un mystère des Caraïbes) souvent agrémentés de cyanure. Les recettes vous tentent ?

□

L'assassin qui s'est fait dégommer par la police, comment fait-il pour revenir sur les lieux du crime ?

□

Combien faut-il de morts pour faire un tueur en série ?

Il faut tuer au moins trois personnes en des lieux et des temps différents pour qu'on attribue ce triste titre.

□

Est-ce qu'un tueur en série prend son pied sur un champ de bataille ?

□

Je ne sais plus dans quel polar le détective annonce qu'il a bu assez de Whisky pour remplir le stade de Galveston, Texas.

Je me demande ce que je pourrais remplir de mon chocolat. Une piscine olympique ? Deux ?

Est-ce qu'il existe des espions suisses ?
- *Mei Name icht Sprung, Jakob Sprung.*

Existe-t-il un polar qui décrive un crime parfait ?

Le Prince Noir, Iris Murdoch

LES BONS CONTES

Soixante ans plus tard, je suis encore traumatisé par la petite fille aux allumettes qui meurt dans la neige, les parents qui abandonnent leurs enfants dans la forêt, Barbe bleue qui a une tripotée de cadavres dans un placard. C'est vraiment raisonnable des donner des trucs aussi horribles à lire aux enfants ?

Et après ça, qui ose encore parler d'une vie de conte de fée ?

□

Une citrouille transformée en carrosse, conduite par un rat transformé en cocher, tirée par six souris transformées en chevaux, et entourée par six lézards transformés en laquais.

Pourquoi c'est si compliqué ? Un taxi et hop.

□

La pantoufle de verre, elle se casse pas sur le premier caillou ?

> Erreur de transcription ou volonté de merveilleux, dans les premiers contes, la pantoufle est en « vair », c'est-à-dire en fourrure d'écureuil.

□

Dans une des versions de Cendrillon, les belles-sœurs sont condamnées à danser avec des chaussures de métal chauffées au rouge jusqu'à ce que mort s'ensuive. Y avait pas un supplice qui ressemblait à ça et qui s'appelait les brodequins ?

□

Tom Pouce mène le cheval de son père au labours en s'installant dans l'oreille de l'animal. Mon œil. T'as déjà vu une mouche se poser sur l'oreille d'un cheval ? Elle est éjectée aussitôt.

□

Pourquoi on voit toujours des grenouilles et des crapauds sacrifiés dans les pires potions des sorcières et pourquoi on retrouve les mêmes qui se transforment en merveilleux princes charmants ?

□

Tu as déjà réfléchi à tes trois vœux, si tu trouves la lampe merveilleuse d'Aladin ?

□

- Anne, ma sœur Anne, ne vois-tu rien venir ?
Là, elle ne voit que « le soleil qui poudroie et l'herbe qui verdoie ».
Bon, pour « l'herbe qui verdoie », je vois à peu près, encore que l'herbe, je comprends quand elle jaunit, mais verdoyer, le vert est une donnée de départ. Mystérieux. Cependant, ce n'est rien à côté du « soleil qui poudroie », ça ne peut pas être la lumière sur la poussière que soulève le carrosse puisqu'il n'est pas encore là. Alors quoi ? Ils ont du soleil en poudre à cette époque ?

□

La magie noire, c'est méchant, je vois. La magie blanche, c'est un peu flou. Mais est-ce qu'il existe une gamme plus complète ? Avec des gris ? On pourrait même penser au vert et au violet, non ?

◻

« Une galette et un petit pot beurre ». Vous avez déjà vu du beurre en pot ?

◻

♫ Qui a peur du grand méchant loup ? ♫

◻

C'est le Petit Chaperon rouge et mère-grand qui se font bouffer par le loup ou le contraire ? Je crois que je mélange avec la version de Tex Avery.

◻

Cette fameuse princesse au petit pois c'était surtout la reine des emmerdeuses et je me demande si c'est pas dans la tête qu'elle l'avait... son petit pois.

◻

Le Petit poussait quoi ?

◻

Le conte doit apprendre la morale aux enfants. Quand Hansel et Gretel tuent une vieille femme qui les a nourri jusqu'à ce qu'ils deviennent bien gras et lui volent ses perles et ses pierres précieuses, c'est vraiment moral ? Cette femme, est-elle vraiment une sorcière ? Y a-t-il eu un procès ? Quel est le verdict ?
De toutes façons, ces procès en sorcellerie, on sait à quoi s'en tenir.

◻

Dans Hansel et Gretel, la maison de la sorcière en

sucre et pain d'épice que les enfants grignotent, peut-elle résister à la pluie ?

▫

À ce propos, des cabanes de pain d'épice, des masures de paille pour les petits cochons, sans parler des châteaux de glace. Est-ce qu'ils n'auraient pas besoin d'architectes un peu sérieux ?

Miroir, mon beau miroir, dis-moi où est la poubelle ?

▫

Quand on dit que la Belle dort cent ans, quelque chose à voir avec le coma ? On lui met une perfusion, un goutte-à-goutte avec une solution physiologique ?
Est-ce que quelqu'un a relevé le courage du prince Charmant qui embrasse une fille qui n'a pas vu une brosse en dent pendant toutes ces années ?

▫

Le chat botté. Là, il faut admettre, dès le départ, que le chat parle et que personne ne s'étonne. Franchement, est-ce que j'ai besoin de poursuivre ?

◻

Quel est le degré de crédibilité le plus élevé ? Le yéti ou la licorne ?

◻

Pinocchio dit un mensonge, son nez s'allonge, mais qu'est-ce qu'il doit dire pour qu'il revienne à sa taille normale ?

◻

Avec « tirez la bobinette et la chevillette cherra », est-ce la dernière fois, dans la langue française, que l'impossible verbe *choir* est conjugué au futur ?

◻

Bobinette – chevillette. Je ne veux pas passer pour un pinailleur, mais je ne peux pas dépasser mon côté architecte.
Je me suis penché sur le système d'ouverture de la porte de mère-grand. C'est

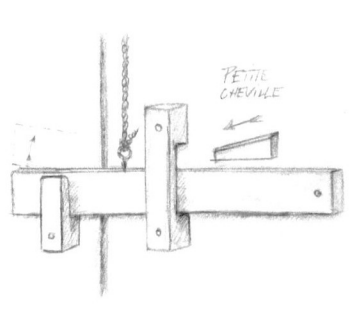

visiblement un mécanisme de loquet à bascule. Une barre qui se soulève et sort d'un réceptacle, libérant ainsi le battant. Le mécanisme, très simple, peut être actionné de l'extérieur au moyen d'une ficelle qui passe au travers de la porte ; en tirant à l'extérieur, on soulève la barre à l'intérieur. On ajoute une petite bobine pour la tenir la ficelle bien en main. À l'intérieur, si on veut interdire l'entrée, on peut bloquer la barre au moyen d'une cheville qui l'empêche

de bouger. Et là, je pose la question : « Tirez la chevillette et la bobinette cherra ». Est-ce qu'il n'aurait
pas un peu inversé le système, notre bonhomme ? À
mon avis, on tire la bobinette et c'est la chevillette
qui choit.

Ce qu'il tire là, ça ressemble plus à une bobine qu'à une cheville

□

Le Petit Poucet (Perrault), Tom Pouce (Grimm), La
Petite Poucette (Andersen) sont trois contes paral-
lèles qui sont établis sur la symbolique de la taille.
Si, pour la démonstration, je décide d'en conter
deux à la suite, serait-il judicieux de commencer par
« il était deux fois » ?

□

Est-ce que les sept nains sont frères ?
Ou alors, comment on a fait pour en réunir autant ?

□

Est-ce que quelqu'un est capable de réciter à l'improviste la liste des sept nains sans hésiter ?

□

Ils vécurent heureux et eurent beaucoup d'enfants. Et des nourrices, et des larbins, des cochers, des cuisinières, des jardiniers, des couturières ? Toutes sortes de gens qui font tout pour vous. Parce qu'autrement la vie serait difficile pour une pauvre petite princesse avec tous ces moutards qui hurlent et s'agitent.

□

À quoi rime le fait que les personnages de conte de fée ont souvent un nom facile à déchiffrer avec le sens de l'histoire ? Le petit Poucet, la pure Blancheneige, Cendrillon pour la crottée ou Cruella pour la méchante. Je ne parle même pas des prénoms des 7 nains.
Et « Charmant » c'est le vrai prénom du prince ?
Est-ce que ce nom de Shéhérazade a un sens ?

En persan : Šahrzād, signifie « né(e) dans la ville ».

Kipling, qui est né en Inde, ne se complique pas la vie, il donne à ses personnages leurs noms en hindi. Ours se dit *Baloo*, panthère *Bagheera* et éléphant *Hati*.

□

À part moi, qui s'est demandé combien ça fait 1001 nuits ?

Environ deux ans et six mois.

□

Pourquoi j'ai pas eu de marraine-la-bonne-fée ?

□

T'as vu la tête de la vieille qui lui offre une pomme ?
Tu l'accepterais toi ?

Moi, jamais. Même passée sous deux litres de désin-fectant.

Délit de sale gueule ? Ouais, j'assume.

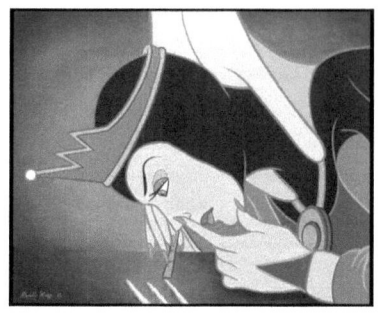

DISNEY LAND

Le copain de Bambi est un lapin qui s'appelle Pan-pan.

Franchement, tu es l'auteur : tu choisis ce prénom quand tu viens de tuer la mère du héros à coups de fusil ?

□

Qui peut, sans bafouiller, prononcer « Supercalifragilisticexpialidocious »?

> Les frères Sherman, compositeurs de la chanson, expliquent le découpage du mot : super = en haut, cali = beau, fragilistic = délicat, expiali = expier, docious = bon pour l'éducation, et le définisse comme un adjectif synonyme de fantastique, merveilleux.

□

La troupe des *Castors Juniors*, c'est pas des castors, mais des canards. Ça brouille pas la logique de nos chères têtes blondes, ça ?

□

Cette histoire de porcs qui construisent leur abri est visiblement écrite pour les architectes, la morale montrant qu'il faut bâtir des maisons solides, de briques et de ciment.

La question : mes collègues et moi-même, sommes-nous contents d'être symbolisés par des cochons ?

◻

Dans « la Belle et le Clochard », la scène des spa-ghettis, les scénaristes l'ont essayé avant de la tour-ner ?

◻

Comment le dessin animé « Les Trois Petits Cochons » a-t-il été accueilli en Arabie Saoudite ?

◻

Est-ce qu'un dessin animé peut être « halal » ?

◻

Tic et Tac, ils ressemblent à des écureuils, mais il leur manque la queue en panache qui est tout de même la spécialité des rouquins. Alors c'est quoi ces bestioles ?

Les *tamias* sont des rongeurs d'Amérique du Nord. Ils sont effectivement de la famille des écureuils et des marmottes.

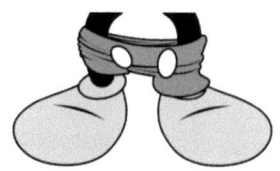

QUE VIVENT LES SUPER-HÉROS

Qu'est-ce que la science-fiction peut bien avoir à voir avec la science ?

□

Avec les portables, il y a de moins en moins de cabines téléphoniques, est-ce que le changement de costume de Superman est en péril ?

□

Y a-t-il un rapport entre le vol des super-héros avec un bras en avant et le salut nazi ?

□

Est-ce que la combinaison des super-héros s'enlève facilement en cas de besoin ? Je n'ai pas vu de fermeture-éclair à l'endroit stratégique.

□

Et c'est quoi cette matière ? Ça ressemble un peu aux combinaisons de plongée.
C'est lavable ? Y doivent drôlement transpirer là-dedans.
Pour conserver son anonymat, il ne peut pas amener ça au pressing, mais...

□

On ne voit jamais la vignette où Superman fait sa lessive, le dimanche soir, avec « Génie Lavabo » en insistant sous les bras et entre les jambes de la combinaison.

« La première, je l'ai passée à la machine, mais elle a tout rétréci. Là, je suis en train de tester un système auto-nettoyant. »

La vie de super-héros c'est quand même pas simple.

◻

Revu Spiderman II : il avoue qu'il a fabriqué son costume lui-même et qu'il a tendance à remonter un peu dans l'entre-jambe.

◻

Si Superman épouse une humaine, est-ce que leur fils volera deux fois moins vite ? Ou que d'un côté et il tournera en rond ?

◻

Les super-héros qui volent à travers la ville, comment ils font pour éviter les fils électriques ?

Statue de Superman dans le Square Wenceslas, Prague, République Tchèque.

◻

La phase écolo chez les super-héros, est-ce que ce sera les sans-plomb-héros ?

◻

Est-ce qu'Usula, la super putzfrau suisse, a une cape rose avec une croix blanche ?

◻

Quel rapport entre les X-Men et les films X ?
Et les X-Files ?

Est-ce que le potion magique d'Astérix contient de le Kryptonite ?

□

Je veux vérifier l'orthographe de Kryptonite sur Internet. Quelle est la première proposition ?

> *« Kryptonite sur Amazon - Livraison gratuite (voir cond.) » www.amazon.fr/Kryptonite Trouvez votre bonheur parmi des millions d'articles. Commandez aujourd'hui !*

Vraiment prêts à tout !

□

Le père Noël, le père Fouettard, le Yéti, l'Ankou, le Dahu, un leprechaun, un farfadet, qu'est-ce qu'ils ont en commun ?

□

Dans les séries télé, y a-t-il un seul épisode où le flic crie « Police, arrêtez-vous » et le suspect s'arrête ?

□

Quand j'étais gamin, je n'avais pas le droit de voir un film policier parce qu'il y avait un cadavre, mais pas de problèmes pour les westerns. Personne n'avait compris qu'on tuait des centaines d'Indiens ?

□

Dans le western, d'un côté, le pistolet du héros n'arrête jamais de tirer, de l'autre, celui du vilain n'a plus de munitions juste au moment où il va tuer le gentil.
Est-ce qu'il y a deux fournisseurs différents, un pour les bons, l'autre pour les méchants ?

□

Un télécran qui vous surveille et qui sait presque

tout de vous, auquel le héros n'arrive pas à échapper, c'est « 1984 » de George Orwell.
Pourquoi ça me fait penser à quelque chose qui nous poursuit aujourd'hui ?

L'acteur qui est engagé pour jouer l'homme invisible a le premier rôle, d'accord, mais est-ce qu'il réalise qu'on ne le voit que cinq minutes au début du film ?

Quand l'homme invisible mange une pomme, elle disparaît quand ?

Est-ce qu'il a des habits invisibles ? Si non, il doit rudement se les geler en hiver.

Vous me bouchez la vue

PUB

Est-ce que la publicité fait notre bonheur ?

◻

Trouvé un paquets d'abricot secs étiqueté triomphalement « sans gluten ». Est-ce que les publicitaires ne nous prendraient pas pour des... ? Si.

◻

D'ailleurs : sans sucre, sans caféine, sans colorants, sans paraben, sans édulcorants de synthèse, sans phénol, sans conservateur, sans ammoniac, sans savon, sans sulfate, sans silicone... et j'en passe ! *
Maintenant, si j'en crois l'étiquette, j'achète un produit principalement pour ce qu'il n'y a PAS dedans ?

◻

Quand un fabricant renonce à la clarté de son emballage et met en travers un bandeau publicitaire, c'est pour vanter une particularité intéressante de son produit et en informer le potentiel acheteur.
Quand le bandeau est « vu à la télé », ça démontre quelle qualité ?

◻

Dernier degré et effet pervers de l'écologie ? En oblique et en grand : *emballage biodégradable.*
Comment en est-on arrivé à ce qu'on nous vende n'importe quelle cochonnerie pourvu qu'on puisse faire pourrir l'emballage ?

◻

* Cette liste de « sans », est-ce qu'elle ne démontrerait pas la malhonnêteté de tout ce qu'ils nous ont fourgué... avant ?

J'ai acheté du papier hygiénique Moltonel avec Aqua Tube jetable dans WC. Je me demande si leur pub est vraie, si la flemme de l'humain a atteint son comble et qu'il n'a même pas la force d'aller jusqu'à la poubelle ?

Pour être plus sérieux, je me demande si on dépense plus d'énergie à alimenter le feu pour réduire mon tube et mes détritus en cendre ou à filtrer mes eaux usées pour détruire le carton dissout.

□

Il y a 2 ans, j'ai vu une pub pour un médicament améliorant la digestion, mais c'était inscrit « pas avant 15 ans ». Bon sang, est-ce que je vais devoir attendre encore 13 ans avec ces aigreurs ?

□

Pourquoi on ne voit jamais les héros des publicités Apéricubes s'emberlificoter avec les saloperies d'emballage de leur fromage ?

□

Si on fume des Camel en Suisse (France), est-ce qu'on vend une marque de cigarettes à l'image de vaches fribourgeoises (normandes) en Arabie ?
- Bonjour, j'aimerais un paquet de Simmental.

□

Spot de pub pour la confiture *Bonne Maman*. La fille suit un chemin de framboises alignées sur le sol.

Sympa, mais t'as envie d'acheter cette confiture, s'ils font traîner leurs fruits par terre ?

▫

Se pourrait-il que les commerçants travestissent légèrement la réalité ?

Le patron, sa secrétaire et le chef de service se rassemblent à la cafétéria, table du fond ; ils votent et le mois suivant, on voit une pub à la télé qui nous dit qu'ils ont été élus, à l'unanimité, « point de vente de l'année ».

Conseil : prochaine fois que tu es coincé de manière prolongée là où le roi va seul, nomme-toi, d'un commun accord avec toi-même, « mec/nana de l'année », ça soigne son petit orgueil et ça mange pas de pain.

▫

Au supermarché, avant d'acheter un produit que je ne connais pas, je lis attentivement la composition. En tant que consommateur lambda, c'est un des seuls moyens de savoir si on ne me refile pas de la cochonnerie, si c'est honnête.

En même temps, si le producteur est malhonnête, est-ce qu'il va écrire sur l'étiquette qu'il a glissé du polonium dans son dentifrice fraîcheur intense ou de la ricine dans son chocolat au lait praliné feuillantine ? Hein !

Même en petite quantité.

Oh, même en quantité infinitésimale, ça me fout la trouille.

▫

Est-ce qu'un seul Français sait que la vallée de l'Emme se trouve entre Berne et Soleure ? Alors, ils ne se rendent même pas compte à quel point leur emploi de l'appellation *emmental* pour un fromage fabriqué en Savoie est absurde.

J'ai vu cette étiquette, il y a quelques années, chez le fromager de la rue du Faubourg-Poissonnière, à Paris.

Il y a une tripotée de marques qui avaient choisi, subtilement, d'intégrer « 2000 » dans leur enseigne (Eau-Vives --. Optic --, Sport --). De quoi ils ont l'air maintenant ?

Est-ce que je suis le seul à en avoir marre de cette gourdasse qui fait le panégyrique des culottes pour fuites urinaires à la télé ?
D'ailleurs, ce serait pas plutôt CONTRE les fuites urinaires ?

D'ailleurs, est-il décent de passer des pubs pour les couches-confiance et les lotions contre les mycoses vaginales quand la famille est à table ?

□

C'est l'heure du repas, la télé est allumée. La pub défile et fait la promotion de ce que tu es précisément en train de manger.
Ça fait quel effet ?
- Je suis quelqu'un de bien, je mange juste.
- Je me suis fait avoir jusqu'au trognon par leur boniment.

À choix.

□

Une pub pour les allumettes, ça existe ?

□

Qui a eu l'idée saugrenue d'appeler le modèle Audi E-tron ?
Des Japonais, d'accord, mais les publicitaires de langue française n'ont pas vu venir le problème ?
Faut dire qu'il y avait déjà eu : Nissan E.pedal et Hyundai Kona.

□

Est-ce que c'est un francophone taquin qui a choisi d'appeler une marque de scanner « Opticon » ?

≡ OPTICON
We scan, connect and communicate

□

Dialogue entendu à la FNAC :
- Le Nintendo là, vous avez la version normale.
- C'est celle-là.
- Non celle-là c'est écrit : version de luxe.

- Eh bien chez eux la version de luxe, c'est la version normale. Y en a pas d'autre. C'est du « marketing ». Demain matin, quel effet ça va me faire quand je me réveillerai en version « de Luxe » de moi-même ?

On n'est même plus étonné de voir un pot de Nutella qui parle, des oranges qui chantent, des marmottes qui emballent des plaques de chocolat.
Est-ce que la promotion commerciale serait devenue le refuge du conte de fée ?

Les publicitaires nous ont fourgué une avalanche de fêtes et de journées qui nous permettent d'offrir notre bel argent aux commerçants voraces : fête des mères, des pères, des grand-mères, journée mondiale de la bière, des amoureux de l'Alsace (24 juin), du Nutella (5 février) et j'en passe.

Mais est-ce qu'on pourrait proposer une journée des publicitaires ? Celle où on pourrait les tabasser sans retombée policière.

Pour le plaisir, quelques festivités très officielles proposées par la supposée sérieuse Organisation des Nations Unies :

10 février :	journée internationale des légumineuses
20 mars :	journée internationale du bonheur
5 avril :	journée internationale de la conscience
2 mai :	journée mondiale du thon
23 mai :	journée internationale pour l'élimination de la fistule obstétricale
21 juin :	journée internationale de la célébration du solstice
30 juin :	journée internationale des astéroïdes
7 septembre :	journée internationale de l'air pur pour des ciels bleus
30 septembre :	journée internationale de la traduction
9 octobre :	journée mondiale des oiseaux migrateurs
15 octobre :	journée internationale des femmes rurales
20 octobre :	journée mondiale de la statistique
19 novembre :	journée mondiale des toilettes
4 décembre :	journée internationale des banques

Je propose :

JOURNÉE INTERPLANÉTAIRE DU CHACUN-POUR-SOI

Monde virtuel

La « réalité virtuelle », c'est quoi c't'histoire, c'est la réalité ou c'est virtuel ?

□

Dans smartphone, il y a « smart » intelligent, élégant. Pour l'appareil peut-être, mais pour les utilisateurs ?

□

Si tu mets ton téléphone en *mode avion*, quand il t'échappe des mains, est-ce qu'il vole au lieu de s'écraser ?

□

Est-ce qu'on peut encore « lancer un coup de fil » avec un téléphone portable, alors qu'il n'y a plus de fils et qu'en plus, on ne l'a jamais « lancé » à proprement parlé ?

□

Après l'incendie de notre-dame de Paris, je me demande si le travail d'un journaliste ne se réduit pas désormais à descendre dans la rue, tendre un micro au passant et enregistrer les idées les plus rabâchées, les opinions les plus éculées.

□

Pacman, tu connais ? Un des premiers jeux sur console. Les Japonais l'avaient appelé « pucman », mais quand il arrive aux USA, un employé de la firme responsable fait immédiatement un jeu de mot en le nommant « fucman » alors on passe au « A » ; je me demande pourquoi.

□

Internet est virtuel. Est-ce que ce n'est pas quand on

se branche sur un site porno, qu'on s'en rend vraiment, profondément, tactilement compte ?

▫

Wifi ? C'est dingue le nombre de trucs qu'on paie et qu'on ne voit pas.

▫

Pour ouvrir mon ordinateur, j'ai mis en place ce système de reconnaissance faciale, pas mal, mais pourquoi, un peu plus tard, il me demande de confirmer que je ne suis pas un robot ? Il a bien vu que j'avais pas une tête de métal.

▫

Est-ce que les coiffeurs, les putes et les pompes funèbres sont les seuls secteurs à ne pas être concurrencés par Internet, Deliveroo ou Amazon ?

▫

J'ai 13 ans, mes parents sont de sortie. J'ouvre en tremblant un site porno. Ils me demandent si j'ai plus de 18 ans. Ils croient vraiment que je vais cocher la case « non » ?

▫

J'ai plein d'*icônes* sur la barre des tâches. Parfois, quand je pense à ce mot, j'ai un frisson. Est-ce que je suis le seul à voir une corrélation gênante entre icône - image sainte et un environnement si... prosaïque ?

◻

Quand on a inventé la prise USB, y en a pas eu un seul capable de dire qu'on ne pouvait pas discerner le haut et le bas ?

◻

Sur les sites de recherche (et sur les autres), pourquoi toutes les publicités s'affichent avant ce que je veux voir ?

◻

Sur Internet, tout le monde ment. C'est la nouvelle norme ?
Paradoxe absolu, on montre tout, mais tout est truqué.

◻

On a appris un ordre pour l'alphabet, il y avait même des chansonnettes pour ça. Pourquoi, sur mon clavier, ils ont tout mélangé ?

◻

Est-ce qu'un jour Wikipédia va supplanter l'école ?

◻

Quand on écrit sur du papier, concret, sans lecture sur un écran, sans copie sur clé USB, sans sauvegarde sur le cloud, est-ce qu'on n'est pas dans une démarche d'opposition révolutionnaire ?

◻

L'ordinateur a remplacé pratiquement tout le contenu de la bibliothèque, mais qu'en est-il de l'usage des encyclopédies pour surélever les enfants sur les sièges au moment des repas ?

LES ÉCRANS

Comment est-il possible que des personnages sur un écran nous paraissent vivants, même en noir et blanc, alors qu'ils ne sont que des ombres, des silhouettes imprimées sur une pellicule, des pixels dans une mémoire?

□

Pourquoi, quand un acteur joue un homosexuel, on lui demande toujours s'il en est et quand il joue un assassin, non ?

□

Dans les films, comment les héros font pour pas puer, alors qu'ils prennent pas de douche après l'amour, jamais ils ne se lavent les mains après la cuisine ?
Pardon, j'ai oublié les scènes où on voit la dame derrière un rideau de douche.

□

Film noir et blanc, puis film couleur, ça n'aurait pas un petit air de racisme ?

□

J'allume ma télé en appuyant sur la zapette, pourquoi le passage entre la lumière rouge (éteint) et la lumière verte (allumé) est si lent ? Donc j'appuie à nouveau ; résultat : j'éteins avant de pouvoir voir que c'est allumé ?

□

Reportage sur un bâtiment historique. Pourquoi les gens de la télévision veulent toujours nous montrer un endroit exclusif, un endroit que personne ne visite d'habitude et qui, bien entendu, n'a aucun intérêt, alors que 99 % de leurs téléspectateurs n'ont rien visité des parties les plus admirables de ce bâtiment ?

Est-ce que toute personne qui parle d'art devant une caméra est obligé d'avoir un air extatique, une tête d'ahuri, comme s'il venait de recevoir la lumière divine ?

Titi et Grosminet, je vois ce que c'est comme bestiole. Le coyote aussi, mais Bip Bip ? c'est quoi un road runner ?

Traduction : *coureur sur la route.*

Bip Bip est un Grand Géocoucou qui vole peu et préfère sillonner les routes et les espaces dégagés du désert dans le Sud des États-Unis.
Comme notre coucou (d'où son nom), il lui arrive de déposer ses œufs dans le nid d'un autre et de partir en courant.

Comment se fait-il que, malgré les innombrables épisodes, le coyote n'est toujours pas en voie de disparition ?

La télé, c'est palpitant, mais combien se réveillent chaque soir sur le canapé et doivent se lever pour aller se coucher dans leur lit ?
Non, moi j'ai installé la télé au pied de mon lit.

◻

Avec le passage aux écrans plats, où est-ce qu'on a recyclé les napperons qui décoraient les télévisions ?

◻

Pourquoi y a-t-il toujours des chansons américaines dans les feuilletons français alors qu'il n'y a jamais de chansons françaises dans les feuilletons américains ?

◻

Sur la chaîne *Découverte*, un ufologue parle de ses ovnis. Est-ce qu'ils ont aussi inventé des termes comme un *père-noëlologue*, un *yétiologue* ou un *créature-des-maraisologue*.

◻

18 h. 15 : la série Scott & Bailey passe sur la chaîne tout à fait publique Chérie 25. On trouve un corps criblé de coups de couteau enterré dans la cave, 19 h. 30 : on en est à 6 cadavres. L'heure où les enfants mangent leur pizza devant l'écran. Ça perturbe personne ça ?

◻

Est-ce que les séries NCIS ou Esprits Criminels sont au programme des apprentis policiers ?

◻

Un flic de terrain, il se demande: « Dans cette situation, que ferait Chuck-Norris-Walker-Texas-Ranger ? » (si c'est le cas, je suis inquiet).

◻

Hier, il y a eu un meurtre juste à côté de chez toi, tu as un alibi ?

□

Ce matin, la radio locale fête les 20 ans à l'antenne de son chroniqueur hippique. Est-ce qu'on peut faire confiance aux pronostics d'un type qui, en 20 ans, n'a pas réussi à se mettre suffisamment de fric de côté pour partir vivre dans une île « où les fruits sont si beaux qu'on se contente des noyaux » ?

□

Quand on va à Paris, on voit parfois des banderoles collées de travers des affiches de théâtre où il est indiqué : centième représentation. Comment font les acteurs pour garder suffisamment de fraîcheur afin de jouer des répliques qu'ils ont rabâchées cent fois ?

□

Au cinéma, à la télé, quand quelqu'un observe avec des jumelles, pourquoi ils mettent un dessin avec deux ronds, alors que quand on regarde dans de vraies jumelles, on n'en voit qu'un ?

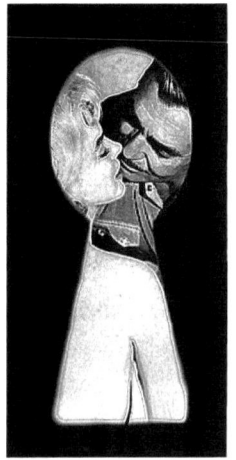

□

Au cirque, quel est le pourcentage entre les gens qui craignent de voir le trapéziste chuter et ceux qui l'espèrent ?

□

Spécial Noël

Né dans une étable, vous êtes sûr ? Question hygiène, sans être trop pointilleux, faut bien admettre que c'est pas top pour une femme en couche et un nouveau-né.

▫

Un bébé dans la paille, bœuf, âne, bergers et rois, c'est un peu la pagaille. Face à ça, vous croyez que ce sera facile de demander à nos gamins de ranger leur chambre après le passage de leurs copains ?

▫

Pour les cadeaux, l'or, je suis d'accord, mais l'encens et la myrrhe, pour nourrir un enfant qui vient de naître et sa famille, est-ce que c'est le meilleur choix ?

▫

Est-ce que les Rois Mages sont arrivés en même temps ? Est-ce qu'ils parlaient la même langue ?

▫

Sous les tropiques où il n'y a pas de sapin, qu'est-ce qu'ils utilisent comme arbre de Noël ?

▫

Est-ce qu'il existe un autre usage pour les boules miroitantes ?

▫

On a des renseignements à propos de l'enfance du Père Noël ?

▫

Est-ce qu'il paie bien ses impôts en Finlande ?

▫

Le mec qui a imaginé que le père Noël descendait

par la cheminée, est-ce qu'il ne vivait pas précisément dans un temps où on y faisait du feu ?

▫

Dans la cheminée, pour descendre, il se laisse tomber, d'accord, mais pour remonter, il fait comment ?

▫

Dans les immeubles modernes, est-ce qu'il passe par les tuyaux du radiateur ?

▫

Comment ça se passe avec les radiateurs électriques ou le chauffage au sol ?

▫

Après le passage du traîneau, est-ce que quelqu'un a déjà trouvé des crottes de renne ?

□

Pâques

Pourquoi l'agneau s'appelle Pascal ?

□

Si les cloches vont à Rome, c'est quand la date du retour ?

□

T'as passé Noël au balcon ?

□

Quel lien entre Jésus qui ressuscite et un œuf ?

> Les chrétiens ont « calé » la crucifixion sur une fête païenne célébrant le printemps d'où les œufs qui symbolisent le renouveau, la naissance.

Et un lapin ?

□

Les œufs peints c'est joli, mais pourquoi en chocolat ?

> En 2011, en Italie, on a fabriqué le plus gros œuf de Pâques en chocolat du monde ; 7 200 kg et 10,39 mètres de haut.

□

Est-ce qu'il faut manger le lapin en chocolat en commençant par les oreilles ou la queue ?

... avril...fil ?

□

ÉGLISES

La bible, pourquoi veux-tu que je la lise, ça fait des siècles qu'on nous raconte la fin ?

□

> Dieu bénit le septième jour, et il le sanctifia, parce qu'en ce jour, il se reposa de toute son œuvre qu'il avait créée en la faisant » (Bible de Jérusalem, Genèse, 2, 2)

Est-ce qu'une entité spirituelle si puissante a besoin de se reposer ?

□

Qu'est-ce que ça veut dire de manger une pomme par jour pour être bien si la première nous a éjecté du paradis ?

□

Ce serait pas plus logique que le fruit défendu pousse sur le pêcher ?

□

S'il y avait un tout petit serpent dans la pomme d'Eve, est-ce qu'on l'appellerait le verre Adam ?

□

Adam a « mangé de l'arbre » alors que c'était défendu. Il est puni, mais le serpent aussi est puni :

> L'Éternel Dieu dit au serpent : puisque tu as fait cela, tu seras maudit (...), tu marcheras sur ton ventre, et tu mangeras de la poussière tous les jours de ta vie.

Donc, avant ça, le serpent avait des pattes, c'était une sorte de lézard. Pourquoi presque tous les tableaux qui présentent la tentation montrent un serpent d'après et non d'avant ?

Hugo van der Goes - Le péché originel. Seul que je connaisse avec des pattes

▫

Dans la même veine, pourquoi peignent-ils un nombril à Adam et Eve ?

▫

Derniers calculs en ce qui concerne le Déluge : pour remplir la Méditerranée jusqu'à la hauteur du mont Ararat (là où on a découvert les restes de l'arche de Noé) il faudrait 80 ans vu le volume d'eau. Dans ce cas pas besoin de bateau pour déplacer les animaux. Alors peut-être un tsunami ? Mais là encore le bateau ne sert pas à grand chose.

▫

Qu'est-ce qu'il se passe si je bois de l'eau bénite ?

□

Si on est sceptique face à la fessée, est-ce qu'on doit suivre les préceptes de la Bible dans le Deutéronome 18–21 ?

> Si un homme a un enfant indocile et rebelle, les siens le lapideront et il mourra... afin que les autres soient dans la crainte.

□

J'aime bien aussi :

> Exode 21, si un homme vend sa fille pour esclave, elle ne sortira point comme les autres esclaves.

Non ? esclave et cloîtrée.

□

> Péché mortel :
> Violence, adultère, meurtre, vol important.

> Péché capital :
> Orgueil, avarice, envie, colère, luxure, paresse, gourmandise.

Vous êtes vraiment sûrs que la gourmandise, c'est capital ? Je me demande si ça ne va pas me mettre un peu en colère.

□

> Péché véniel :
> Péché qui, « n'étant pas contraire à la charité, ne la fait pas perdre, ni les autres vertus non plus ».

On ne parle pas d'une charité bien ordonnée, non ?
Parmi les vertus cardinales, pourquoi on ne parle

plus de la *Tempérance* ? Pourtant, elle me parait tout à fait essentielle et étrangement bouddhiste.

« Tu aimeras ton prochain comme toi-même », mais ils étaient conscients que je ne m'aime pas beaucoup ?

Quand Dieu a décidé d'ouvrir la mer rouge pour Moïse, est-ce qu'il a asséché le sol pour que les Hébreux ne se cassent pas la figure sur un fond de mer vaseux ?

Pour les religions bibliques, le dimanche est le premier jour de la semaine juive et chrétienne. Dans ce cas pourquoi l'un prend ses congés le dimanche et l'autre le samedi (sabbat).
Et pourquoi, pour moi et mon travail, le premier jour de la semaine, c'est le lundi ?

Sur le plan mathématique et calendaire, l'an O (année zéro) n'existe pas.

Sur le plan de la naissance du Christ, quel est l'impact ?

Les Américains puritains qui ont voté la prohibition, qu'est-ce qu'ils pensaient d'un Jésus transformant de l'eau en vin ?

□

À ce propos, d'ailleurs, qu'est-ce qu'on buvait le jour de la communion ? Du soda ?

Est-ce à cette occasion qu'on inventé le Canada Dry ?

□

> « Tu ne cuiras pas le chevreau dans le lait de sa mère » (Exode XXIII, 19 et XXXIV, 26 et Deutéronome XIV, 21).

Les Juifs orthodoxes ont un frigo pour les produits carnés et un autre pour laitiers. J'avoue que, pour moi, la question se pose plutôt sur le plan des odeurs : comment séparer les fromages qui puent de mon reste de tarte aux pommes ?

□

Est-ce que Marie-Madeleine lavait le slip de Jésus avec la lessive Super-Croix ?

□

Est-ce qu'un chrétien fondamentaliste peut regarder sans honte par le judas ?

□

Qui peut encore parler de *chasser les marchands du temple* alors que la banque est devenue le nouveau culte ?

□

Si Dieu existe, est-ce que le diable existe forcément ?

Si le diable existe, est-ce qu'on pourrait me donner son adresse, j'ai une âme à vendre ?

□

Est-ce que le diable professerait des idées athéistes ?

□

Ça existe une charcuterie à Jérusalem ? Ou à Riyad ?

□

Le cuisto juif d'un restaurant kascher, il fait quelle tête quand le guide lui attribue une étoile ?

halal   kasher

Gutenberg perd tout son argent en imprimant la bible en langue vulgaire et se renfloue en imprimant des indulgences pour l'Église catholique. Ironie, est-ce que ce ne seraient pas les deux bases (contradictoires) des théories de Luther ?

□

C'est pas un peu louche qu'un mec qui se balade dans une robe couverte de dentelle et qui n'a jamais été marié, se mêle de gérer la vie sentimentale des autres ?

□

Il y a cette religion indienne, le Jaïnisme, où les adeptes ne doivent absolument pas tuer d'êtres vivants, mais comment ils réagissent à l'évolution de la science où le microscope nous a appris qu'à chaque fois qu'on se couche dans son lit, on écrase des centaines d'acariens ?

□

Selon les statistiques, la religion qui comprend le plus de membres est le christianisme.

Selon l'église des saints des derniers jours, elle est la religion qui a le plus d'adeptes au monde... sur ses registres.

Selon la loi des probabilités et pour mon salut, est-ce que je ne devrais pas m'y convertir ?

> Non, pas d'inquiétude : en 1948, l'état de Genève a donné l'autorisation de nous inscrire sur leurs registres et nous sommes tous mormons... sans le savoir et sans le vouloir.

> En 1844, le journal 'Nauvoo Expositor' dénonce le fait que contrairement à la loi, les mormons sont ouvertement polygames et ne sont pas poursuivis. J. Smith, fondateur de la secte, ordonne à ses membres de détruire les locaux du journal ; il est arrêté sous le seul et dérisoire prétexte de « trouble à l'ordre public ». La population furieuse du favoritisme et de la magouille envahi la prison et lynche Smith.

□

Chaque jour, nous sommes plus proches de la fin des temps. Cette lapalissade, vaut-elle de fonder une secte ?

L'archevêque de Paris meurt dans les bras d'une dame. Il était dans une position pas très catholique : celle du missionnaire ?

◻

Quelle est la vitesse maximale de la papamobile ? Essence ou diesel ?

Dernier recensement : il y a 50'000 saints reconnus. C'est pas un peu beaucoup pour un calendrier de 365 jours ?

◻

Est-ce que Saint Glinglin fait partie du lot ?

◻

Tu es Pierre, et sur cette pierre je bâtirai mon Église (Matthieu 16:18). Ce petit jeu de mots entre le prénom de l'apôtre Pierre et un caillou, comment ça marche dans les autres langues ?

◻

Si j'en crois de vieux souvenirs de catéchisme, Dieu est en tout ; même dans la moustache d'Hitler, la couche-confiance, le tampon hygiénique ou la seringue d'héroïne ?

□

Qui a tracé sur ma porte un signe pour attirer les Trèsmoins de Jéhova, l'inquiètemple évangéliste, l'église de sectologie, les cruels raëliens, l'Association internationale pour l'inconscience de Krishna ou les saints du six cent soixante sixième jour ?

□

Si, comme on le raconte, les anges n'ont pas de sexe, pourquoi les angelots sont-ils toujours des petits garçons (l'entre-jambe laisse peu de doute) et les anges adultes (annonciateurs par exemple) toujours des femmes ?
Faut-il devenir archange pour avoir droit à une figure masculine comme Gabriel, Michael ou Raphaël ?

Voir chez les Grecs

Est-ce que les Grecs et les Romains croyaient intrinsèquement que Cronos avait bouffé ses enfants, qu'Apollon traversait tous les jours le ciel sur le char du soleil ou qu'Orphée est revenu des Enfers ?

□

Pour séduire les femmes, Zeus se métamorphose en taureau, en cygne, en pluie d'or. Est-ce qu'il était si moche qu'il ne pouvait pas séduire par lui-même ?

□

Combien y avait-il de guerriers enfermés dans le cheval de Troie ?

□

Les dieux sont immortels et ils ne se nourrissent que du nectar et de l'ambroisie, tous les jours, à tous les repas, ad vitam aeternam ; c'est pas un peu lassant à la fin?
Euh, quelle fin ?

□

À leur époque, les Grecs et les Romains pensaient que leurs dieux seraient éternels. Comment se positionner aujourd'hui face au Dieu chrétien considéré lui aussi comme éternel ? Enfin jusqu'au Jugement Dernier. Enfin, j'y comprends rien.

□

Quel rapport entre le Tartare (pour les Grecs, le lieu le plus terrible des Enfers), les Tartares (peuple des steppes de Russie) et mon steak ?

> Les Mongols et leurs alliés turcs, les Tatars, avaient pour tradition de hacher finement les viandes très dures comme le cheval et le chameau, pour les rendre comestibles, puis de lier la viande avec du lait ou des œufs.
>
> Cette consommation de viande hachée crue a été popularisée dans les régions slaves, lors de l'occupation mongole médiévale.
>
> Elle se diffuse ensuite par les navires russes qui voyagent depuis Hambourg au XVIIe siècle. Elle arrive dans le port de New York et on la consomme de deux manières, sous sa forme d'une galette de viande crue (Hamburg-style fillet) et ensuite cuite sous l'appellation de « hamburger ».

□

La Venus de Milo, elle tenait quoi dans les mains ?

L'empereur Auguste meurt en 14 après J.-C., mais, est-ce qu'on ne devrait pas plutôt dire « en 14 PEN-DANT J.-C. » ?

◻

Romulus et Remus, mais aussi Caïn et Abel, Osiris et Seth, pourquoi ces mythologies parlent toutes de tuer son frère?

◻

Quel lien entre les giboulées et Mars dieu de la guerre ?

Caligula est incestueux, amoureux de son cheval et du spectacle de la torture.

Commode fait exécuter tous les membres de sa famille qui pourraient prendre sa place et n'hésite pas à jeter dans l'arène ceux qui lui déplaisent pour que les lions se régalent.

Caracalla fait assassiner son frère. À Alexandrie, on monte une pièce satyrique qui le critique, il fait tuer les 20'000 spectateurs.

Héliogabale veut absolument être une femme et rêve de se faire castrer. Ses « mariages » homosexuels, notamment avec deux « colosses » grecs choquent les historiens romains. Ceux qui ont l'audace de s'endormir à la fin de ses banquets se réveillent enfermés dans des cages avec les ours et les tigres.

Et le plus connu : Néron, il empoisonne son frère, fait buter sa mère, décapiter sa première femme pour en offrir la tête à la seconde.

Comment les Romains ont-ils fait pour choisir comme empereurs une pareille bande de tarés ?

◦

À Pompéi, les fouilles continuent. Remarque d'une des archéologues : « le plus étonnant, c'est qu'un très grand nombre de squelettes trouvés lors des dernières fouilles ont un porte-bonheur accroché au cou ou au poignet ».

Ouais, sûr que les gris-gris et les fétiches ça a marché !

Est-ce qu'on devrait plutôt allumer un cierge à sainte Rita, patronne des causes perdues ?

▢

Chez les Anciens, grecs ou romains, les représentations phalliques avaient également une vertu apotropaïque (conjuration des mauvais esprits), si bien qu'elles étaient fréquentes à l'entrée des maisons, et étaient souvent portées en amulettes.

Vous êtes connu ?

Michel-Ange peint le plafond de la chapelle Sixtine. Il se plaint. Il écrit qu'à force de peindre avec la tête renversée et le bras en l'air, il a « attrapé un goitre comme l'eau en fait aux chats en Lombardie » si bien que son ventre « finit par rejoindre son menton » et ajoute : « Les lombes me sont rentrées dans la panse, pour faire contrepoids, mon cul est devenu une croupe, je marche sans que mes yeux puissent voir mes pieds et je risque de tomber ».
Pourquoi il n'a pas augmenté son échafaudage d'un mètre et peint couché ?

En 1791, le docteur Guillotin fait adopter un moyen plus propre et plus rapide pour couper les têtes. Si on en était resté au bourreau avec sa grosse hache, est-ce qu'on aurait tranché moins de monde pendant la terreur à cause d'un rythme incisif certes, mais moins expéditif ?
Est-ce qu'on peut dire qu'il s'agit d'une date phare de l'évolution menant à la révolution industrielle, un des premiers passages du travail manuel à la machine ?

Yersin isole le bacille de la peste, Fleming découvre la pénicilline et tu crois qu'on en parle tous les jours ? Des clous ! Mais les connards despotes et envahisseurs qui ont tué des milliers d'hommes, les Napoléon, les Gengis Khan, les Alexandre ont droit à des centaines de biographies et d'émissions de télé. Les humains sont fous.

Même topo. Charles de Labussière, commis aux écritures du comité de salut public pendant la révolution française, est effrayé par le tour que prend la terreur et ses (trop) nombreux guillotinages. Il déchire, mâche et avale un maximum des papiers qui passent entre ses mains. Il aurait réussi à soustraire 1153 dossiers soit autant de personnes épargnées.

On parle des Robespierre, des Danton et jamais de lui.

L'histoire, ne serait-elle pas bricolée par des cons ?

□

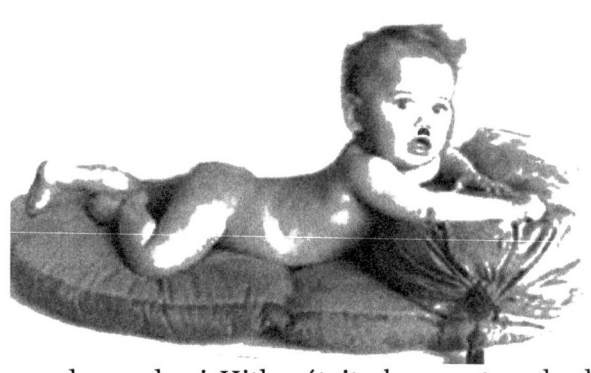

Je me demande si Hitler était charmant en barboteuse.

□

Je me demande si Pol Pot aimait sa maman.

□

Je me demande si Mussolini allait cueillir des fleurs des champs.

□

Je suis Alexandre le Grand, je suis l'élève d'Aristote, plus grand philosophe de Grèce, tourné vers la

sagesse et la recherche du bien, je suis beau, je suis admiré. Pourquoi n'ai-je en tête qu'une seule pensée: faire la guerre, conquérir le monde ?
Et surtout pourquoi tant de monde m'admire ?

Je suis Attila le Hun...
Je suis Napoléon Bonaparte...

□

Qui a envie de s'appeler Parkinson ? Ou Pinochet ?
Est-ce qu'il existe encore des Hitler et des Goebbels en Autriche ou en Allemagne ?
Poubelle, c'est différent, c'est devenu une antonomase.

Une antonomase est une figure de style dans laquelle un nom propre ou bien une périphrase énonçant sa qualité essentielle, est utilisé comme nom commun, ou inversement, quand un nom commun est employé pour signifier un nom propre.

□

Toutankhamon à Paris et tout le monde a célébré l'Égypte. 3'000 ans de civilisation et pas un pet d'évolution : des mecs qui avancent de travers sur les peintures et des pharaons qui épousent leurs sœurs. C'est vraiment un signe d'intelligence ?

□

Est-ce qu'il existe un désherbant du nom d'Attila ?

□

Est-ce qu'on peut dire que Vercingétorix avait une moustache en guidon de vélo, mais pas de vélo ?

□

On se souvient que le juge de Jeanne d'Arc s'appelait Cauchon, mais qui sait que son secrétaire s'appelait Toumouillet et le maire de Rouen : Tranche-Couenne ?

□

Pour Cléopâtre, les seuls portraits certifiés d'époque sont sur les pièces de monnaie et, franchement, elle a l'air d'une mégère. Si on tient compte du fait que, pour les portraits officiels, on arrange toujours la gueule des gens, comment a-t-elle pu séduire le très beau et très viril Marc-Antoine ?

□

Henri VIII veut divorcer de Catherine d'Aragon ; il est follement amoureux d'Anne Boleyn. Le pape refuse. Cette « reconnaissance de nullité fut l'une des principales causes du schisme en 1534 de l'Église d'Angleterre avec Rome et de la Réforme anglaise. » (Wikipédia)
C'est pas un peu bizarre d'être le fidèle d'une église née dans la culotte d'un roi ?

□

Louis XIV a un problème de fistule anale. On l'opère, c'est une réussite et à cette occasion, on demande à Lully de composer un *Te Deum* pour la messe de remerciement à Dieu.

100 plus tard, le roi d'Angleterre entend l'air solennel, l'adore et décide de l'adopter comme hymne national.

C'est pas un peu bizarre qu'à chaque entrée protocolaire de la souveraine anglaise, on entende une musique composée en l'honneur du trou du cul du roi de France ?

□

Est-ce que sir Arthur Conan Doyle ou Agatha Christie ont un jour eu envie d'assassiner leur conjoint ou leur belle-mère ?

□

Savez-vous que le capitaine Cook (qu'on peut traduire par *Cuire* ou *Cuisinier*) a fini bouffé par les indigènes des Îles Sandwich ?

□

Pourquoi les Espagnols ont des noms à rallonge ?

Picasso par exemple :
Pablo Diego José Francisco de Paula Juan Nepomuceno María de los Remedios Cipriano de la Santísima Trinidad Ruiz y Picasso

□

Est-ce que le sauvage de Robinson Crusoé aurait pu s'appeler « Lundi » ou « Mercredi » ?
N'y aurait-il pas eu quelque chose de sacrilège à l'appeler « Dimanche-jour-du-seigneur » ?

□

Certains ont les initiales du bonheur. Brigitte Bardot, BB, Claudia Cardinale, CC.

Qu'est-ce qui est passé par la tête de papa et maman Spielberg, le jour où ils ont appelé leur garçon Steven ?

□

Question presque identique pour Winston Churchill.

□

Est-ce que la reine d'Angleterre a un papier hygiénique spécialement agréé ?

□

Guillaume Tell qui massacre une pomme, sa maman lui a pas dit qu'on ne joue pas avec la nourriture ?

D'ailleurs, pour Guillaume Tell, c'était une golden ou une gala ?
Pas une reinette. On ne lui aurait pas mis une grenouille sur la tête quand même.

□

Pendant des années, on a lu les romans avec innocence ; maintenant, j'entends « tu crois que Robinson Crusoë et Vendredi sont en couple ? ». Alors, Tintin et le capitaine Haddock ? Le Corbeau et le Renard ?

□

Si on sait que la série a duré 18 ans, combien on a utilisé de manteaux de pluie pour l'inspecteur Columbo et comment ils ont fait pour qu'ils soient toujours défraîchis ?

□

Les choses se sont normalisées avec les pays de l'Est. Le mur est tombé. Bon. On te propose des vacances à un prix imbattable dans un prestigieux château médiéval transformé en chambres d'hôtes en Roumanie, tu réagis comment ?
Même si l'enseigne est : *le Manoir de Dracul* en Transylvanie ?

□

Diana Ross commence sa carrière dans un groupe, « les Supremes ». Comment elles continuent leur vie, ses copines qui sont passées à la trappe ?
George Michael et Wham!.
Robbie Williams et Take That.
Etc, etc.

□

Philippe Petit est le fildefériste qui a fait de l'équilibre entre les tours jumelles de New-York et celles de notre-dame de Paris. Il ne porterait pas un peu la poisse ?

◻

À sa pause-café, est-ce qu'il n'a pas assez de fric pour se payer autre chose que du Nespresso, Monsieur Wathelse ?

◻

La reine d'Angleterre a une maxime pour son comportement : « Never explain, never complain » (ne jamais expliquer, ne jamais se plaindre).
Tout le monde trouve la formule admirable, mais la décision de ne *jamais rien expliquer* à son peuple ne trahirait-elle pas un mépris... souverain ?

◻

Est-ce qu'on peut dire que le Soldat inconnu est mort sous X ?

◻

Walt Disney est mort d'un refroidissement, en même temps, il avait décidé de se faire cryogéniser.
Y a-t-il une logique entre les deux ?

DIVERS

J'aimerais bien savoir ce que j'ai fait dans une vie antérieure pour me poser autant de questions.

◻

La première dont je me souviens, c'était : la lumière du frigo, elle s'éteint quand on ferme la porte ?

◻

Pourquoi n'y a-t-il pas de H à aspirer ?

◻

Est-ce que les papiers peints sont les descendants des parois peintes dans les grottes de nos ancêtres ?

◻

Les échecs, qui a eu l'idée de donner ce nom saugrenu à un jeu où on espère qu'une chose : gagner ?

◻

Et le nom de « réussite » à un jeu où on perd si souvent ?

◻

Petite statistique : en Suisse, France, Belgique, Allemagne et Pays-Bas, en moyenne 6 enfants sur 10 naissent hors mariage. Une communication de l'Église à ce propos ?

◻

Est-ce qu'il n'y a pas une énorme tromperie dans l'enseignement des langues nationales ? Les Suisses allemands apprennent le français, quand ils arrivent en Suisse romande, ils entendent le français. Nous apprenons le Hochdeutsch, quand nous allons en Suisse allemande nous entendons... autre chose.

◻

Faut-il oser prendre des risques et se casser la

figure?

□

Un collègue me répète sans cesse que le petit-déjeuner est le repas le plus important, est-ce que je dois en prendre trois pas jour ?

□

Que vaudra une capsule de coca découverte dans le champ de Woodstock par un archéologue du futur ?

□

Est-ce que demain existe vraiment ? Quand on y arrive, ce n'est plus demain, mais aujourd'hui.

□

Aux quatre coins du monde... une sphère a des coins ? Où ?

□

Si on met la radio plus fort, est-ce que ça dépense plus d'électricité ?

□

Il y en a beaucoup qui pensent que la lumière bleue, l'heure bleue, c'est très romantique, mais vous pensez pas que ça nous donne à tous des faces de cadavres ?

◻

«Vaut-il mieux tenir des propos optimistes et se faire traiter de naïf, ou des propos pessimistes et se faire traiter de...
◻ lucide, ◻ sectaire, ◻ méchant, ◻ complotiste
(cochez la case qui convient).

◻

Pourquoi le verbe le plus utilisé, « être », a la conjugaison la plus débile ?
Je suis, tu es, nous sommes, vous étiez, tu seras, ils ont été, elles furent.
On dirait qu'il n'y a aucune parenté entre ces mots.
Mon préféré : nous fûmes.

◻

Pourquoi toutes ces exceptions au début des dizaines ?
Prenons à l'envers : dix-neuf, dix-huit, dix-sept et après (avant) ça déraille.

◻

Le Z est une lettre très rare dans notre langue. Comment ça se fait que ces chiffres en rassemblent un max : onze, douze, treize, quatorze, quinze, seize ?

◻

Un Français propose de te donner son « 06 » ?!?
Il te dicte *lentement* (le Suisse est dur à la comprenaille, c'est bien connu) le dernier chiffre de son numéro de téléphone et tu écris : 4 - 20 - 10 - 9.
Pourquoi il a l'air si mécontent ?

◻

Une dizaine. Une quatre-vingt-dizaine ?

□

Est-ce qu'on met vraiment les survêtements sur les vêtements ?

□

Est-ce qu'on a encore une âme ou c'est vraiment complètement démodé ?

□

Veau sous la mer ou veau sous la mère ?

□

Tiens voilà une chose qui me manque à Nîmes : les têtes-de-nègre

Ouais, j'ai écrit *nègre* et pas *tête de couleur*. Après non-voyant et non-entendant je me suis décrété non-acceptant. Je trouve que commencer un mot par « non » ce n'est vraiment pas positif. Celle que j'ai connue (Sylvie) n'avait aucun problème à se dire

aveugle.

Celui que j'ai connu (Bertrand) n'avait aucun problème à se dire nain. Il disait :

- Ces chipotages, c'est pas moi, c'est comme un module extérieur et c'est surtout les autres qui expriment leur gène.

□

Pour faire le lien, qu'est-ce que tu penserais si on définissait la femme comme non-homme. Avec un autre exemple, ça fait bizarre, non?

□

Je sais que les mots cachent des idées, mais l'hypocrisie des mots montre l'hypocrisie des humains.

□

À qui appartient la lune ?

Sur son site Internet, la société Lunar Embassy (Ambassade lunaire) vend notre satellite à l'hectare. Créée en 1980 par le Californien Dennis Hope, elle détiendrait le monopole pour notre satellite, mais aussi pour toutes les autres planètes du système solaire en vertu d'une loi américaine de 1862 qui stipule que le premier à réclamer une terre n'appartenant à personne peut en acquérir les droits. Dans cette nouvelle version du Far West, plus de 3 millions de propriétés situées sur la face éclairée de la Lune sont en vente au prix de 0,2 euros l'hectare. L'acheteur reçoit aussi une carte de l'astre céleste « facile à encadrer » pour lui permettre d'identifier l'emplacement de sa parcelle.

www.lexpress.fr

□

Si on couche avec des putes, est-ce qu'on est multiplement cocu ?

□

Quand un strip-teaseur se marie, qui est engagé pour l'enterrement de sa vie de garçon ?
Et dans le mariage gay ?

□

Les flics qui se creusent les méninges pour savoir où disparaissent les millions de la mafia ne devraient-ils pas se joindre aux astronomes qui se demandent où disparaît la matière qui pénètre dans les trous noirs.

□

Que répond-on à ceux qui veulent louer une chambre à l'Hôtel de Ville ?

□

« Est-ce que j'ai une gueule d'atmosphère ? »

□

Dans la cuisine, j'arrange le bouquet dans un vase ; une feuille tombe par inadvertance sur le carrelage. Elle sèche, s'enroule, noircit. Le lendemain, pourquoi je sursaute en la prenant pour un cafard qui court le long du mur alors qu'elle ne bouge même pas ?

□

Est-ce que quelqu'un cache encore son argent dans une chaussette sous son matelas ?

◻

Est-ce que le racisme commence dès l'enfance avec la peur du noir ?

◻

Quel est le rapport entre le forfait de mon téléphone et le forfait commis lors d'un vol ?

◻

Est-ce que les dames du MLF vont bientôt demander qu'on dise « elle pleut » ?

◻

Quand on fait l'amour pour la première fois avec quelqu'un et que c'est beau, est-ce qu'on a le droit de faire un vœu ? Ma mère faisait ça avec les fraises ; chaque année, quand on les mangeait pour la première fois, il fallait faire un vœu. Et surtout ne jamais dire ce souhait sous peine qu'il s'envole. Est-ce que d'autres agissent pareillement ? Est-ce une invention de ma famille ?

◻

Comme on dit, il ne faut pas abuser des bonnes choses. Mais est-ce qu'on doit abuser des mauvaises ?

◻

Pourquoi on devient violoncelliste ? Si on choisit d'être chanteur, c'est quand même plus facile pour voyager.

◻

Celui qui marche à côté de ses pompes, met-il quand même des chaussettes ?

◻

Elle est où, ma bonne étoile ?

□

Qui n'a pas cette boîte avec les boutons dépareillés et les clés dont on ne sait plus ce qu'elles ouvrent ?

□

Pourquoi les femmes sont-elles si fières de porter autour de leur cou un collier où, chez les chiens, on attache une laisse ?

□

Est-ce qu'un jour, les robots feront faire leur travail par l'homme ?

- *Il parait que les machines vont remplacer tous les métiers.*
- *Oh, ma chère, pour le vôtre, rien à craindre !*

□

Je me demande si on vend encore du papier buvard.

□

Quand ils sont confrontés à une surprise, les gens commencent leur phrase par : « je peux pas y croire ». Est-ce que c'est pas justement le moment où ils commencent à y croire ?

□

Ceux qui font le nettoyage dans les garages, je me demande ce qu'ils trouvent coincé dans la jointure dans la banquette arrière.

□

C'est quoi ton problème ?

□

Une pipe *en écume de mer*, on dit toujours ça de celle de Sherlock Holmes, mais l'écume, c'est pas ce panache en haut des vagues ? Difficile de fabriquer une pipe avec ça.

> L'écume de mer est un minéral blanc et tendre, qu'on trouve parfois flottant dans la mer Noire et qui peut se confondre avec l'écume. C'est un hydrogénosilicate de magnésium extrait de mines situées principalement en Turquie, mais aussi en Espagne, au Maroc et aux États-Unis.

□

Franchement, est-ce que les archiduchesses mettent des chaussettes ?

□

Je ne sais plus qui a dit que le temps est assassin, mais d'habitude, ce n'est pas plutôt lui qu'on tue ?

□

Pourquoi y a-t-il des hublots dans le train du tunnel sous la Manche ?

□

Le continent américain se rapproche de 1 cm chaque année. Quelqu'un a réclamé une baisse du prix des transports ?

□

Quelqu'un qui souffre de dédoublement de la personnalité, qu'est-ce que ça donne quand il se regarde dans le miroir ?

□

Est-ce qu'on ne pourrait pas inventer un Photoshop qui travaille sur la réalité?

□

« N'ai-je donc tant vécu que pour cette infamie ? »

□

Pourquoi c'est tellement agréable de poser les pieds sur la table ? ou le bureau?

□

T'inventes le téléphone, le premier appel, pour les essais, c'est à ton assistant dans la pièce d'à côté, d'accord, mais ensuite, tu téléphones à qui ?

□

À l'interphone tout le monde dit : « salut, c'est moi », mais est-ce que ça peut être quelqu'un d'autre ?

Et ça renseigne pas des masses l'interlocuteur.

Est-ce que les psys ont choisi cette profession parce qu'ils ont des problèmes mentaux ?

□

Est-ce que les architectes ont choisi cette profession parce que leurs parents les ont obligés à trop jouer au plot quand ils étaient enfants ?

□

Est-ce que les médecins ont choisi cette profession parce qu'ils sont un brin hypocondriaques ?

□

Est-ce que les « hôtesses de caisse » de supermarché ont choisi cette profession parce qu'elles voulaient avoir toujours de l'argent entre les mains ?

□

Est-ce qu'il existe un boucher qui a viré végan ?

□

Est-ce qu'il y a des couvreurs qui ont le vertige ?

□

J'ai remarqué que les carcasses des étendages pliables, barres métalliques couvertes de plastique blanc, se retrouvaient en grande quantité au bord des trottoirs pour partir à la poubelle. Est-ce que les gens sont si peu habiles qu'ils les cassent ou ils veulent des modèles plus beaux ?
Pour la deuxième hypothèse, c'est mal barré.

□

Une 4 saisons, c'est une pizza Vivaldi ?

□

« Bête comme ses pieds ». Est-ce que les pieds ne sont pas incroyablement utiles ?

□

Pourquoi tout le monde parle de montre alors qu'on

la cache sous sa manche ?

□

Est-ce que les amnésiques se souviennent qu'ils sont amnésiques ?

□

Est-ce que les C.A. existent ? Les « Chocovores Anonymes ».

□

Tenant compte du fait que « silly » veut dire stupide en anglais, est-ce que « Silly-conne valley » n'a pas un petit air de pléonasme ?

□

Est-ce qu'*innocent* est la même chose que *non coupable* ?

□

Et mon « Q », c'est du poulet ?

□

Quand le taxi va en marche arrière, est-ce que ça soustrait de l'argent au compteur ?

□

Une fois n'est pas coutume, mais à partir de combien de fois... ?

□

À qui profite le doute ?

□

La première trace d'écriture humaine est le code d'Amourabi, c'est un code des impôts.
Est-ce que l'histoire s'écrit à coups d'ironie ?

□

Déchaînée, mais comment c'est, la mer enchaînée ?

Je suis encore sous les plumes. Longtemps que je n'avais pas utilisé cette expression, mais est-ce que je ne devrais pas plutôt dire: encore sous les fibres synthétiques anti-acariens ?

◻

Pourquoi on parle de chauffage central alors que le radiateur est toujours installé sur les parois, jamais au milieu de la pièce ?

◻

Si rien ne se perd, tout se transforme, où est passée l'énergie de mes 20 ans ?

◻

Con comme un balai ou con comme un ballet ?

◻

Une femme enceinte, d'accord, mais est-ce qu'il existe une occasion où on peut utiliser « enceint » au masculin ?

> Un village enceint de remparts.

◻

C'est quoi cette histoire de vitesse de la lumière, pff, quand j'allume le néon de la cuisine, je peux traverser jusqu'au frigo sans un pet d'éclairage.

◻

Quoi ?

◻

Ma grand-mère me préparait du pain-perdu. Comment elle faisait pour que je le trouve toujours dans mon assiette ?

◻

Parait que *crétin* vient de chrétien ?

◻

À la boule lyonnaise on fait 3 pas jusqu'à la ligne pour lancer la boule. Dans le sud, on ne bouge pas dans le cercle. Est-ce que les gens du sud seraient plus flemmards ?

C'est vrai que les mecs qui y jouent s'appellent « pétanqueurs » ?
... en chœur

Est-ce qu'un mec très attirant finit par prendre la foudre ?
Le coup de foudre, ah !

Pourquoi on dit que la boussole indique le nord ? Moi, je ne veux m'occuper que de la partie de l'aiguille qui désigne le sud.

Si la curiosité est un vilain défaut. Comment on se sent quand on arrive à cette partie du livre ?

Pourquoi les peuples du monde ne veulent plus du français comme seconde langue ? Réponse simple avec la transcription du son « in » : aim (faim), ain (sain), ein (sein), eun (jeun), im (imbécile), in (vin), um (parfum), un (un), ym (thym), yn (synthèse).

Est-ce que c'est pas un peu humiliant pour une femme d'être mariée avec un cocu ?

□

- Un dernier pour la route ?
- Euh non, pour moi.

□

Quel lien entre sherry et chéri?

□

On s'est embrassé à bouche-que-veux-tu, alors pourquoi tu ne pourrais pas me prêter ta brosse à dent?

□

Est-ce qu'un sadique sait dire oui ?

□

Un muet qui respecte une minute de silence met les mains dans les poches ?

□

Est-ce qu'on parle encore du marchand de sable aux enfants ?

□

Je connais au moins deux entrepreneurs qui fournissent du gravier, du tuileau et du sable gris, jaune, beige, mais je ne vois pas la relation entre ces marchands de sable et le fait de bien dormir cette nuit.

□

Mont Everest, je trouvais ça très beau, le mont « *toujours à l'est* ». Et j'apprends que c'est le nom d'un bonhomme : sir Georges Everest (1790-1866) géographe qui a cartographié les Indes.
C'est triste, je viens de perdre une part de rêve. Est-ce que, du coup, le Mont Everest ne paraît pas moins inaccessible ?
Ça me rappelle le Reculet.
Et les narcisses.

Comment les coiffeurs peuvent-ils résister à leurs enseignes à la con ? Imagine, chaque matin pendant dix ou vingt ans, tu ouvres ton rideau de fer et tu lis « Diminu-Tif » ou « Sup'Hair ».

Sélectionné pour vous : L'hair du Temps, Volt'Hair, Créa'tif, Tête à Tête, Athmosphair, Imagina'Tif, Diff'Hair'Ance, Mouss'Cut'Hair, Formul'hair Administrs'tif, L'Hair Naturel, la Raie-Création, Secret pour Pl'Hair, de Mèche avec Vous, Faudra Tif Hair, Adult'Hair.
Le dernier vu : « Je fais ce que cheveux ».

Mais ils ne sont pas les seuls, j'ai aimé un fast-food à Nîmes qui vend pizzas et burger avec l'enseigne « Pizzburg ».

- Ça veut dire quoi : *I don't know* ?
- Je sais pas !

Longue-vue ou jumelles ? Le Cyclope ou Ulysse ?

Est-ce qu'on peut dire qu'il est sobre ? Il dilue son eau avec pas mal de vin.

Les abeilles sont en train de mourir, les océans sont obstrués par de nouveaux continents de plastique et on claque 1 milliard pour relancer un programme pour aller sur la lune.

Quand l'humain a-t-il perdu le sens des priorités ?

□

Ça sous-entend quoi cette expression « propre sur lui » ? On pourrait dire « propre » et c'est tout. « Sur lui » ça voudrait dire qu'il n'y a que le dessus qui l'est, du genre chaussette neuve sur pied parfumé au sbrinz.

□

Je suis jamais allé à Baden-Baden.

Je traduis : 'les Bains-les Bains'. Y nous prendraient pas pour des débiles ? On comprend du premier coup.

Enfin, en traduction allemande, y avait déjà Arnold Schwartzenegger le « nègre noir ».

□

Pourquoi on appelle paratonnerre un truc fait pour attirer les éclairs ?

□

Si le parapluie est contre la pluie, le parasol contre le soleil, le paratonnerre contre... la foudre. Quid du parapet ?

> Vient du latin « *pectum* » la poitrine, le torse. Il a aussi donné les pectoraux.

□

15 millions de personnes dans le monde pensent que la terre est plate, la plupart d'entre elles pour des raisons religieuses, en particulier dans les milieux

évangélistes. Ce sont les « platistes » et leur nombre augmente régulièrement au travers des publications et des sites Internet (estimation actuelle, entre 5 et 9 % dans les pays d'Europe).

Est-ce parce qu'ils imaginent que les Australiens ne peuvent pas marcher à l'envers de nous sans tomber dans le vide ?

T'es chez le médecin, y a dix personnes dans la salle d'attente et une qui pense que la terre est comme un gigantesque disque de Frank Sinatra, et au bout de l'océan, l'eau coule dans l'infini. Ça fait peur.

Je vous le dis : on marche sur la tête.

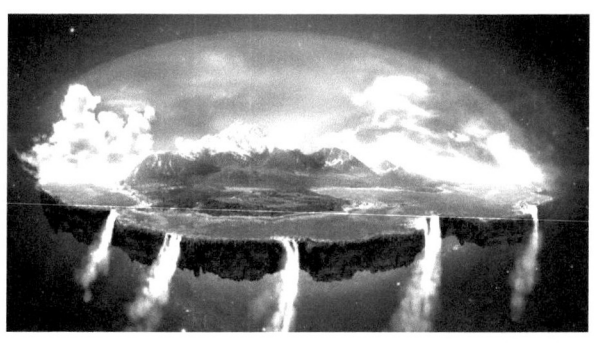

□

Changement d'heure, mais l'heure, elle change tout le temps, non ?

□

La langue, sept fois dans la bouche ? J'arrive même pas une fois.

□

Pendant longtemps, j'ai entendu « con comme une valise ». Un jour, on a ajouté « sans poignée », c'était beaucoup plus logique. Mais est-ce qu'on a complété parce que, tout comme moi, on pensait qu'une valise (tout court) c'est utile ? Ou bien, c'est l'expression d'origine qui est remontée à la surface ?

▫

Quand j'étais gamin, on habitait rue des acacias, mais pourquoi y en avait pas ?

▫

Pourquoi les Français m'obligent à prononcer « Casselane » pour Boni de Castellane, et « Broille » pour le duc de Broglie alors qu'ils n'ont aucun honte à dire Ramuzzz et Cendrarsss ?

▫

Est-ce que les esquimaux mangent des sorbets ?

▫

La mode est au « made in France », économie sur le transport, on élimine même ce qui vient de la Martinique ou de la Réunion pour économiser sur l'emprunte carbone. Comment résoudre le problème du café ? Et du thé ?

▫

Quel lien entre l'acupuncture et une poupée vaudou ?

▫

La timidité, ce serait pas comme une constipation de la parole ? Et la connerie une diarrhée ?
Je ferais mieux de me taire.

▫

Pourquoi y nous emmerdent avec cette expression :
« il faut aller au bout de ses rêves » ?
Au réveil, je ne me souviens de rien. Non, pour être honnête, les seuls qui me reviennent à l'esprit, ce

sont des cauchemars.

Si t'as la chance de faire des rêves merveilleux, tu débranches ton réveil le vendredi soir et c'est bon.

□

D'ailleurs pourquoi, en français, on n'a pas l'équivalent du verbe allemand « ausschlafen » : dormir jusqu'au bout, tout son saoul ?

□

T'es gamin, tu perds une dent, tu la mets sous l'oreiller et tu récupères une belle pièce, mais la petite souri, qu'est-ce qu'elle en fait de toutes ces dents ?

□

« Une branche d'arbre », y a des branches d'autre chose ?

□

Pourquoi les gens de la médecine nous font un coup de snobisme en nous appelant « patient » au lieu de « client » ? D'ailleurs, pas sûr que ce soit le bon choix, ils se permettent d'illustrer le terme à nos dépens bien trop souvent. Souffrir et attendre.

□

Le kir est inventé par le chanoine Kir. Le kir royal c'est avec du Champagne, mais quand on en prend deux, c'est des Kir royal, des kirs royaux ?

- Je t'aime pour la vie.
- T'es encore en train de parler de toi ?

□

Pourquoi, quand on commence une phrase par
« normalement », derrière il y a un « mais » et ce
qui suit est anormal ?

□

Est-ce que l'éternité marche dans les deux sens,
futur ET passé ?

□

Pourquoi toujours : « pauvre con » et jamais « riche
con » ? La connerie n'est pas une question de
moyens.

□

Alors, comme ça y paraît qu'une langue vivante ça
n'a rien à voir avec le s... ?

□

Est-ce qu'on peut faire une affirmation « à salement
parlé » ?

□

Peut-on décemment mourir un 1er avril ?

□

Что это означает ?

□

Pourquoi prononce-t-on « segonde », alors que ça
s'écrit « seconde » ?

□

Et pourquoi pas *magazin – magasine* ?
Ou *phantôme – fantasme* ?
Et pourquoi *gyroscope* et *giratoire*
Honneur et *honorable* ?

Personne n'a de problème avec « cacher l'argent » et
« l'argent cash »?

Est-ce qu'une personne « de petite taille » peut te
regarder de haut ?

Quelqu'un a déjà compté le nombre de bulles dans
une bouteille de Perrier ?

Légalement, est-ce que les boîtes aux lettres sont
obligatoires ? Je songe à me séparer de la mienne,
elle ne contient que des factures et des pubs.

USA 1920. Les puritains réussissent à faire voter la
loi imposant la prohibition de l'alcool. Pendant 13
ans vive la magouille. Tu crois que c'est une grande
ouverture d'esprit qui va pousser à abroger la loi ?
Non, comme toujours : le fric.
1929 = crise. L'État s'enfonce dans les dettes et les
taxes sur les alcools vont renflouer les caisses.

Ma mère parlerait de « morale élastique ».

Question philosophique : est-ce qu'un état (ou quiconque) peut être impartial sur les problèmes de l'alcool et du tabac, alors qu'il ramasse des taxes se montant à des millions de dollars / francs / euros ?

▫

Les plaisanteries avec les épouses et des rouleaux à pâte, c'est démodé ; en effet, aujourd'hui, qui assommerait son conjoint avec des barquettes de chez Macdo ?

▫

Parait que « con » vient de *conin*, qui signifiait lapin en vieux français, mais quelle relation avec le sexe et.. le reste ?

▫

Se mettre au lit, faire le noir et passer une nuit blanche. C'est logique ça ?

▫

Penchons-nous sur les sens du mot « impertinent ». Il devrait être le contraire de pertinent (juste, adapté) et, en fait, il a tourné à « impoli, insolent ». Bizarre non ?

▫

Avant le dîner, vous prendrez bien une petite queue de coq ?
Non parce que la traduction de « cocktail » c'est...

▫

« Maman, les p'tits bateaux qui vont sur l'eau ont-ils des ailes ? »

▫

En Australie, dans le lavabo, il parait que l'eau tourne dans l'autre sens, mais est-ce que les Australiens vissent les vis dans l'autre sens ?

□

J'aime prendre un peu de soleil sur mon balcon. Hier, un mec se plante en dessous et parle (fort) de sa femme dans son portable. À quoi on pense pour raconter dans la rue à 10 h. du matin des choses que je ne dirais à personne même à 3 h. du matin enfermé dans ma chambre ?

□

Chaque fois que je suis allé à Bâle, c'était pour le zoo, mais il est où ce trou dont tout le monde parle ?

□

Tu joues au Monopoly, tu deviens riche, t'as des immeubles sur Paradeplatz, mais à un moment, tu ranges, tu refermes la boîte.
Après ça, c'est pas trop mauvais pour le mental de se retrouver dans une vie ordinaire avec la pluie qui tombe le dimanche après-midi ?

□

Dans les autres langues, *Amour* ça rime pas avec *Toujours*, comment y z'ont fait pendant des siècles pour pondre des poèmes et des chansons ?

□

Pourquoi j'en veux à mort aux élections de miss ? Ces idiotes, en finissant perpétuellement leur discours par des souhaits de paix, nous ont bousillé toute possibilité de faire un vœu gentil sans paraître complètement ridicule et démodé.

▫

Tu connais un gay pas gai ?

▫

Rien, que dalle, peau de balle. Les balles ont une peau ?

▫

« Une noix, qu'y a-t-il à l'intérieur d'une noix ? »

▫

Émail ou E-mail ?

▫

« Avoir le cul bordé de nouilles ». Je sais ce que ça veut dire, mais quelle image ! Et qu'est-ce qu'un plat de tagliatelles vient faire là-dedans ?

▫

Ceux qui emballent les aliments sous vide, est-ce qu'ils ont un scaphandre, est-ce qu'ils retiennent leur souffle ?
Au fait, est-ce que les scaphandriers existent toujours ?
OK, c'est une machine, mais si la machine est sous vide, comment on fait entrer les aliments ?

▫

« On n'est pas sérieux quand on a dix-sept ans ». Tout le monde ?

▫

À l'élection du pire costume de spectacle, tu choisis une soirée de patinage artistique ou une

139

représentation du Cirque du Soleil ?

On me dit : « Oh, ça c'est une médecine très ancienne » avec un ton de déférence, c'est charmant, nostalgique, mais est-ce que tu voudrais qu'on soigne tes humeurs malignes, qu'on te fasse des saignées ou que la femme accouche dans la douleur comme le demande la bible ?

Moi, je ne veux pas d'exorcisme ; je veux le *très moderne,* les dernières découvertes, les appareils qui coûtent cher et qui trouvent tout.

« Quels sont ces serpents qui sifflent sur vos têtes ? »

Un végétarien qui se mord la langue ça donne... ?

Pas de bras, pas de chocolat ? Es-tu prêt à dépenser un peu de ton temps pour donner la becquée à un manchot ?

Thermomètre - suppositoire, le rapport ? Enfin, autrefois.

D'un côté, on me dit que le niveau zéro, c'est celui de la mer, mais comment ça se calcule si, d'un autre côté, le niveau du bord de l'océan change tout le temps avec les marées ? J'ai même lu quelque part qu'elles ont une ampleur qui peut atteindre quatorze mètres.

□

Je devais avoir quinze ou seize ans quand j'ai vu, à la télévision, ce reportage sur les enfants qui travaillent dans des caves pour fabriquer des chaussures. Vous n'auriez pas un truc pour effacer ce souvenir ? Parce que, chaque fois que je tombe sur un article incroyablement bon marché, l'image d'un gamin dépenaillé, enchaîné à une machine à coudre remonte à la surface.

□

Si Ingres a gagné une partie de sa vie en jouant du violon, est-ce que Géricault a quelque chose à voir avec les trompettes ?

□

15 jours, ça fait 2 semaines donc 2 x 7 jours. Ouaiouaiouais ! 15 = 14.
T'apprends ça à tes mômes et tu vois même pas le problème ?

□

Ça leur ferait mal au bide de se mettre d'accord pour passer au système décimal pour les horloges ? J'en ai marre de me creuser la cervelle à chaque fois que je dois additionner des heures et des minutes.
En plus, même pas la même base ; les heures à 12 et les minutes à 60, c'est l'anarchie.

□

À la fête foraine, tu te vois en train de savourer la barbe rose à ton cher papa ?

□

Si on commande une barbe à papa petit modèle, est-ce que c'est une moustache à papa ?

□

Qu'est-ce qui est à gauche au fond du couloir ?
Et pourquoi tout le monde connaît la réponse, même si ce n'est pas la bonne ?

□

Est-ce que les fabricants de tipp-ex sont en faillite ?

□

Est-ce qu'il y a un lien entre la pièce de Feydeau « le Fil à la Patte » et un téléphone sans fil ?

□

Chez Amazon, ils livrent les filtres d'amour ?

□

Monter - démonter, faire - défaire, boucher - déboucher, mais c'est quoi « gobiller »? Et « mantibuler », « conner , ou « puceler »?
Le même lien existe-t-il entre livrer et délivrer, penser et dépenser, manger et démanger, gommer et dégommer, cendre et descendre ?

□

Pas la bonne question ?
Pas la bonne question
Pas la bonne questio
Pas la bonne questi
Pas la bonne quest
Pas la bonne ques
Pas la bonne que
Pas la bonne qu
Pas la bonne q
Pas la bonne
Pas la bonn
Pas la bon
Pas la bo
Pas la b
Pas la
Pas l
Pas
Pa
P

◻

Est-ce qu'une grasse matinée nuit à la ligne ?

◻

Ça compte pour beurre, ça compte pour rien. On le trouve où ce beurre gratuit ?

◻

Comment on peut utiliser le mot « ravir » un jour avec le sens de « voler » et le lendemain dans le sens de « faire plaisir » ?

◻

Est-ce que je peux en placer une ?

◻

Les maisons closes, fermées, est-ce que ce n'est pas

paradoxal de dire ça ?

□

« Est-ce que ça vous chatouille, ou est-ce que ça vous grattouille ? »

□

Peut-on raisonnablement avouer qu'on habite Pompaples, Palézieux, Sales, Ecublens, Gingins, Cormondrèche, les Breuleux, Guin, Buchillon, Riddes, Isérables, Mollens, Chippis, Certoux, la Petite Grave, Presinge, Vessy ou Confignon ?

□

« Un clin d'œil ». D'autres clins, ça existe ?

Oui, mais je ne vois pas le lien.

Les clins de bardage sont des planches légèrement biseautées qui se chevauchent. On parle d'assemblage à clin, de recouvrement à clin.

□

« Mais où sont les neiges d'antan ? »

□

L'argent est peut-être le mot qui le plus de synonymes : braise, douille, espèce, ferraille, finance, flouze, fraîche, fric, frusquin, galette, grisbi, mitraille, monnaie, ronds, sou, thune. Pour autant, est-ce que les gens en ont plus ?

Est-ce que je me trompe si je dis que ceux qui ont inventé le plus grand nombre de ces mots sont les plus pauvres ?

Est-ce pour ça que le vocabulaire du salaire est-il si compliqué ?

La *paie* c'est pour les ouvriers, les *appointements* pour les employés, le *traitement* pour les fonctionnaires, les émoluments pour les huissiers, les *honoraires* pour les architectes, les médecins et les avocats, la *solde* pour les militaires, le *cachet* pour les gens du spectacle, le *jeton de présence* pour le membre d'un conseil d'administration, les *gages* pour les employés de maison, les ouvriers agricoles, les gens de marine et... les tueurs.

□

« Que reste-t-il de nos amours ? »

□

La température peut grimper, mais sur quoi ?

□

Et vous avez des nouvelles du petit Grégory ?

□

Comment ça se fait que tout le monde aime les bulles de savon ?

□

Comment peut-on gaspiller son temps à chercher une aiguille dans une botte de foin ? Faut vraiment être avare pour s'emmerder comme ça.

On raconte qu'il suffit de mettre le feu à cette botte et on trouve l'aiguille en triant les cendres. Mais est-ce qu'il est judicieux de dépenser une allumette pour récupérer une aiguille rugueuse, noire de suie, qu'on ne pourra plus jamais utiliser ?

□

Les gens qui se jettent d'un pont, ils réussissent leur

suicide parce qu'ils n'ont pas le vertige ? Où justement parce qu'ils ont le vertige ?

◻

Quoi ?

◻

Est-ce que la confiture est meilleure quand on est obligé de grimper sur une chaise pour attraper le pot dans le haut du buffet ?
Meilleure encore si on trempe un doigt dans le pot ?
Deux doigts ?

◻

T'es sur ton toit, tu glisses sur une tuile orangée en en mettant une brune en place, tu t'agrippes à la gouttière et là, la gravité de la gravité, tu comprends. Tu comprends ?

◻

Est-ce qu'il y a des extincteurs dans les piscines ?

◻

Quelqu'un s'applique-t-il encore à produire des niaiseries sous la forme de roman-photo ?

T'es le héros du jour, pourquoi faut-il que ce soit ton enterrement ?

Il y a *belle lurette*. C'est quoi, exactement, comme mesure de temps ?

Et des *lustres* ?

> Olympiade = 4 ans (période de quatre ans entre deux Jeux olympiques)
> Lustre = 5 ans (dans la Rome Antique, un lustre désignait la cérémonie de purification précédant les recensements qui avaient lieu tous les cinq ans)
> Décade ou décennie = 10 ans
> Siècle = 100 ans
> Millénaire = 1000 ans

Dans les trains, est-ce qu'ils font exprès d'avoir des distributeurs de savon qui marchent bien et des déclencheurs automatiques d'eau qui ne marchent pas.

On parle *de tout et de rien*, ce serait pas plutôt *de rien et c'est tout* ?

La roue, la voiture, la perceuse, la machine à écrire, le mixer, la brosse à dents électrique, si l'homme invente tous ces trucs, c'est parce qu'il est un grand flemmard ?

Quel rapport entre *filer à l'anglaise* et *foie de veau*

à l'anglaise ?

◻

Est-ce qu'une fois, dans l'histoire de l'humanité, un éléphant est entré dans un magasin de porcelaine ?

◻

Pourquoi les Martiens, s'ils existent, auraient-ils envie de venir serrer la main des Terriens ? Peut-être qu'ils sont heureux chez eux.

◻

Y a-t-il de la cocaïne dans un œuf à la coque ?

◻

Les enfants de Cro-Magnon, jouaient-ils à cache-cache ?

◻

Au coin de la rue, au bord d'un trottoir, dans le tram, est-ce que quelqu'un a déjà rencontré un clodo, un rom, qui, au lieu de te demander de l'argent, t'en donne ?

– Bon, j'ai fini ma journée et aujourd'hui j'ai eu plus que d'habitude, alors voilà !

◻

L'abréviation *SDF*, est-elle plus décente que l'appellation *clochard* ?

◻

Je me demande pourquoi on oublie invariablement que les fleurs qu'on reçoit avec un sourire extatique, ponctué par « y fallait pas », c'est rien que des organes sexuels avec quelques pétales autour.

□

Pourquoi « tous les amoureux du Ragtime ont cherché une rime en aïme » ?
En français, elle n'existe pas.

Quelques autres mots sans rime :

Belge, bulbe, chanvre, cuistre, fichtre, fourche, girofle, goinfre, huître, humble, pampre, jungle, pauvre, larve, perdre, poivre, meurtre, pourpre, monstre, puisque, muscle, quatorze, quinze, sceptre, sépulcre, siècle, simple, stagner, stupre, tertre, vaincre.

Et deux qui riment avec des mots à coucher dehors :

Triomphe et gomphe (m.) « libellule de taille moyenne »
Valse et salse (f.) « volcan qui lance de la boue et une eau très salée »

□

Combien existe-t-il encore de chapelier sur cette planète ?

□

« À tout bout de champ », quel champ, quel bout ?

□

Comment, avec toujours les mêmes notes, depuis des années, on nous fournit des chansons toujours renouvelées ? C'est fascinant. La composition, le mélange de ces quelques notes c'est une chose, en tapant au hasard sur le piano on obtient des sons, mais qui n'intéressent personne ; le fait qu'on donne des mélodies harmonieuses est une forme de miracle. Avec toujours les mêmes notes.

◌

Et toi, t'en penses quoi ?

◌

Le premier timbre est à l'effigie de la reine d'Angleterre ; ça lui a fait quel effet l'idée que n'importe qui allait lui lécher le dos ?

◌

Pourquoi *jamais deux sans trois*, mais d*eux c'est assez, trois c'est trop* ?

◌

Et *les opposés s'attirent* et *qui se ressemble s'assemble* ?

◌

Selon l'Oxam, les 26 hommes les plus riches du monde possèdent autant que tout le reste de la planète. Mais, est-ce qu'ils possèdent la planète ? Certains jours, je le crains.

On relance les légumes anciens, on reproduit des méthodes de construction médiévales. Est-ce qu'on s'est penché sur les remèdes proposés par les apothicaires ? Bave d'escargot, venin de serpent, vers de terre cuits dans la graisse d'oie, urine de vierge, fiente de loup macérée dans la bière.

□

Jusqu'à quel âge on a raisonnablement le droit de s'acheter un Kinder Surprise ?

□

Est-ce qu'un mec beurré, comme la tartine, tombe toujours du mauvais côté ?

□

Quel rapport entre une vieille ganache de colonel et la ganache à la framboise ?

Ganache :
A. Partie latérale et postérieure de la mâchoire inférieure du cheval.
B. Personne incapable et bornée, imbécile ou vieillard décrépit et radoteur.
C. Crème, à base de chocolat fondu et de crème fraîche.

La ganache tirerait son nom d'une erreur de manipulation d'un apprenti chocolatier : ayant versé par erreur de la crème bouillante sur du chocolat, il se serait fait traiter de « ganache » par son maître.

□

Pourquoi je devrais REpasser mon col de chemise, alors que je ne l'ai pas encore passé ?

Tu vas vers l'escalier roulant, mais tu le prends dans le sens inverse, tu grimpes les marches, vite, et pourtant, tu restes sur place. T'as pas l'impression que c'est une allégorie de ta vie ?

▫

Après la pluie, le beau temps, mais après le beau temps ?

▫

Quel rapport entre un parasol en papier et un verre de cocktail comportant vodka, jus de tomate et glaçons ?

▫

- Garçon, un bloody Mary, s'il vous plaît.
T'as vraiment envie de boire un truc qui s'appelle « Marie la sanglante » ?
Dans les bas quartiers, on appelle ça une « Marie salope ».

▫

« Une veine de cocu ». Le cocu a vraiment de la chance ?

▫

Peut-il y avoir un crime de lèse-majesté en Suisse ?

▫

Existe-t-il, sur cette terre, quelqu'un de suffisamment patient pour m'expliquer clairement la physique quantique et l'expérience du chat de Schrödinger ? Ou suis-je trop stupide ?

▫

Quand j'étais au collège, on accrochait des queues de renard au guidon des vélomoteurs. J'ai jamais vraiment compris pourquoi. C'était joli, ça flottait dans le vent, mais à quoi ça servait vraiment ?

□

À la même époque, on allait « à toutes blindes ». Je me demande encore ce que c'est que des blindes.
J'ai fait me petite recherche :

> Blinde
> Militaire : Pièce de bois pour protéger une tranchée.
> Marine : Tronçon de vieux cordage.
> Poker : mise à l'aveugle, cachée aux autres joueurs

Tout ça ne va pas très vite ; en revanche, j'ai compris pourquoi ça peut me coûter une blinde.

□

Il y avait aussi « à toute berzingue » et là, j'ai eu plus de chance :

> Le mot berzingue vient patois picard *brindezingue* signifiant ivre. Par assimilation, on identifie l'ivresse à l'euphorie de la vitesse.

□

Tout le monde devrait avoir droit à son quart d'heure de célébrité. T'as envie de passer à la télé pour le meurtre de ton voisin ou parce que tu as construit une cathédrale en allumettes ?

□

Maffia. La tradition : noyer ses ennemis les pieds dans un bloc de ciment. Mais est-ce que ce n'est pas un peu trop attendrissant les expressions « chaussons en béton » ou « envoyer dormir chez les poissons » ?

□

« Au milieu de nulle part », est-ce que *nulle part* peut avoir un milieu ?

□

Vous vous êtes parfois trouvé dans la position du penseur de Rodin, mais à quel endroit ?

Michel-Ange contre Rodin.

Quand le paysage est désolé, vous ne l'êtes pas ?

□

Est-ce que les moutons comptent les bergers pour s'endormir ?

□

Quand un vampire mord un vieux, wouf ! il devient un vampire, c'est la loi du genre, mais si c'est un octogénaire avec un dentier... ?

Ceux qui sont en plastique et qu'on vend dans les Farce et Attrape, est-ce qu'ils ne les auraient pas récoltés chez ces vieux ?

□

Cyrano de Bergerac évoque un animal qui s'appelle hippocampéléphantocamélos. C'est sérieux ?

Parce que le mot est aussi long qu'*anticonstitution-nellement* et on n'en parle jamais.

Bon, il parait qu'ils en ont inventé un nouveau : intergouvernementalisation.

□

Pourquoi Pluton n'est plus une planète ?

Découverte en 1930, Pluton est plus petit que notre lune (env. 2/3). Autour des années 2000, on découvre d'autres corps célestes dont Cérès et surtout Éris qui se révèle 27 % plus gros que Pluton d'où la décision, en 2006, de reclasser tout ce petit monde en « planètes naines ». En fait, ce n'est pas que Pluton n'est plus une planète, mais c'est qu'elle a des concurrentes à une distance comparable du soleil.

□

Quand est-on est passé du « papier d'argent » à l'appellation « feuille d'aluminium » ? En tous cas, ce jour-là, on a perdu un peu du romantisme de notre enfance.

□

Froid de canard, mais chair de poule ?

Au moyen-âge, on condamne au pilori. Les coupables sont exposés en place publique coincés dans un carcan pour que chacun puisse voir la tête des malfrats. Je me demande pourquoi cette punition a disparu, c'est quand même beaucoup plus dissuasif qu'une condamnation dans le secret d'une salle de tribunal.

Par exemple, on pourrait exhiber au carcan les escrocs qui ont piqué l'argent des petites vieilles. Les maris qui n'ont pas payé leur pension alimentaire.

Voyante qui n'a rien vu, mais qui a quand même pris l'argent

Est-ce qu'il arrive de rêver qu'on rêve ?

Qui a dit : l'aventure est au coin de la rue ?
Je suis descendu, j'ai vu que des bagnoles passer sans s'attarder.

Je t'adore, je t'abhorre. Si proche. Étrange non ?

La vie en rose ou la vie en Rolls ?

□

Est-ce que « synonyme » a un synonyme ?

□

Le monde de la mode est bizarre. Coco Chanel, Christian Dior ou Yves Saint-Laurent sont morts et on continue à nous en fourguer comme des nouveautés, avec label certifié.

Est-ce qu'on peut imaginer qu'on vende, fabriqué la semaine dernière, un tableau griffé Picasso, un immeuble construit au nom du Corbusier ou un prélude post-mortem d'Erik Satie ? La saison prochaine, est-ce qu'on pourrait publier le noouveau roman de la marque Albert Camus ?

Pendant presque toute sa vie, Karl Lagerfeld n'a vu ses créations que sous le nom des autres : Balmain, Patou ou Chanel.
En 1991, Inès de la Fressange ouvre sa boutique de « prêt-à-porter », grand succès. En 1999, elle entre en bourse, mais n'est plus majoritaire. Non seulement, elle est licenciée de sa propre entreprise, mais elle n'a plus le droit d'utiliser son nom. Elle devra suivre 14 ans de procédure pour le « récupérer ».

□

Comment les clowns peuvent-ils faire rire ?

Moi, je ne vois que des hommes humiliés à coup de seaux d'eau et de pieds au cul.

□

Est-ce qu'un lendemain de fête n'est pas le réveil le

plus cafardeux ?

Bouteilles vides, nappes tachées et gueule de bois.

▫

Les Français, ils avaient le droit de nous voler notre
« y a pas le feu au lac » ?

▫

Au pôle Nord, comment réagit la boussole ?

▫

Est-ce qu'on a déjà vu un ascenseur changer d'itiné-
raire ?

▫

Mais où et donc or ni car ?

▫

Pourquoi le conducteur de pousse-pousse tire ?

▫

Je n'aime pas le caviar. Est-ce qu'il est judicieux de
dire ça ? Je suppose que si on veut se donner un air
distingué, sophistiqué, mondain (au choix), on se
doit d'apprécier. D'un autre côté, avoir un avis sur la
chose, c'est sous-entendre qu'on en a déjà
« dégusté », ce qui est assez pédant, bêcheur, affecté
(au choix).

Mais peut-être que « ne pas aimer » est le début de l'étape suivante : le snobisme.

♪ « J´suis snob... J´suis snob

C´est vraiment l´seul défaut que j´gobe

Ça demande des mois d´turbin

C´est une vie de galérien ...

Et quand je serai mort,

J'veux un suaire de chez Dior. »

◦

Les chocolats fourrés de pâte de menthe « After Eight », c'est après 8 heures du matin ou après 8 heures du soir ?

Ou alors, c'est après en avoir consommé 8 qu'on n'en peut plus ? Moi, un et demi et je suis à deux doigts de vomir.

◦

Les politiciens font des promesses ; ils savent qu'ils ne vont pas les tenir, les électeurs savent qu'ils ne vont pas les tenir. Alors pourquoi... ?

◦

En justice, la robe des juges et des avocats est censée impressionner.

Pour une femme passe encore, mais pour un mec serait pas plutôt ringard et ridicule ?

Et encore, on n'est pas en Angleterre où ils se démènent avec une perruque à frisotte sur le sommet du crâne.

◦

Le type qui te dit : faut pas critiquer ! Il serait pas en train de te critiquer ?

◦

C'est comment un hyperactif en Corse ?

Pourquoi on me casse sans arrêt les pieds avec la guerre de 39-45 ? j'étais même pas né.

Pourquoi « bateau-mouche » ? Les mouches, c'est pas trop vendeur pour attirer le chaland. Moi, j'aurais choisi « bateau-libellules ». Elles volettent sur les plans d'eau.

Quelqu'un a déjà vu une peinture d'Hitler ?

Prague dans le brouillard, aquarelle. De 1910 à 1914, Hitler vit de sa peinture à Vienne, puis à Munich.

« Chanter comme une casserole ». J'ai entendu la bouilloire siffler, mais la casserole ?

En été, pourquoi les gens me demandent toujours si j'ai pas trop chaud avec ma barbe, alors que c'est le meilleur des isolants ?

□

Est-ce que le plus idiot n'est pas celui qui prend les autres pour des idiots ?

□

Le moustique, c'est la femelle qui nous boit le sang, c'est d'elle dont on parle tout le temps.
Est-ce qu'on ne devrait pas lancer une pétition pour passer à UNE moustique ?

□

Pourquoi l'extrémité de l'Amérique du Sud, un des coins les plus froids du monde, s'appelle « Terre de Feu » ?

> C'est précisément ce froid qui en est la cause. Quand les Européens arrivent dans cette région, depuis leurs vaisseaux, ils aperçoivent les villages des Amérindiens qui vivent là ; les feux qui les réchauffent et leur fumée sont visibles jour et nuit.

□

Admettons que ton plat préféré soit le *Vitello Tonnato* ; si tu ne manges que ça tous les jours, midi et soir, combien de temps il va rester au sommet de ton palmarès ?

□

« Au coin du feu ». Où est-ce qu'il y a des coins dans le feu ?
Bon, c'est peut-être l'endroit où on met le feu, mais les cheminées ne sont pas dans les coins, toujours au centre de la paroi.

Rabiot. Pourquoi le rab c'est en plus et le rabais c'est en moins ?

Pour la première fois en 47 ans, les tournages du feuilleton télé « les Feux de l'amour », sont arrêtés à la mi-mars 2020 à cause de la pandémie de Covid-19. On en est à l'épisode 11'920.
Pareille longévité, c'est un phénomène. Comment ça se fait que je n'ai jamais trouvé le temps de voir un épisode ? Même pas une séquence ? Même pas une minute ? Une seconde ?

Les fleurs de lys décorent le manteau de sacre des rois de France, symbole révéré et officiel. Personne ne s'est rendu compte qu'en fait, ce sont des iris ?

Est-ce que le slip Kangourou existe encore ?

« Quand un vicomte rencontre un autre vicomte, qu'est-ce qu'ils se racontent ? Des histoires de vicomtes. »
Quand un masochiste rencontre un autre masochiste, qu'est-ce qu'ils se racontent ? Des histoires de sadiques ?

Pourquoi je lave le dos de l'assiette ? je ne mange jamais de ce côté-là.

Vous connaissez les portes à tourniquet, celles qu'on voit à l'entrée des hôtels chics, quel gamin pourrait résister à l'envie de faire quelques tours ?

Au concours de l'homme le plus frileux de la planète, je suis sûr de me placer dans le peloton de tête. Il me suffit de lire certaines températures pour frissonner. C'est normal, docteur ?

D'après des mesures satellites récentes enregistrées au milieu de l'Antarctique au cours d'un long hiver polaire, on atteint -98°C.
La ville la plus froide d'Europe est Vuoggatjalme en Suède. En 1966, la température la plus basse enregistrée est -52,6°.
La région la plus froide de Russie est la Yakoutie ; on y a mesuré une température de -71,2° et la ville de Verkhoyansk a une température annuelle moyenne de -14,7°

Chaque année, sur la Plaine de Plainpalais, la fête foraine installe ses attractions et on voit arriver des gens que je ne croise jamais le reste du temps. Blousons noirs et douilles dans le cou, baba cool, vieux voyous en fute de skaï.
Est-ce qu'il existe, dans la ville, un monde parallèle, hors du temps, mystérieux ?
Ou alors est-ce que ce sont des nostalgiques qui se déguisent, juste un soir, pour manger des hot dogs à la moutarde avec portion de frites en regardant, l'œil humide, les stands de tir et les manèges de leur ado-

lescence ?

◦

Pourquoi « grain de beauté » ? C'est moche.
Je pense aux mouches du XVIIIe siècle, les femmes les posaient au coin de la bouche ou dans le décolleté, mais je pense aussi à l'insecte qui se pose sur l'abricot pourri.

◦

À l'entrée de certains grands magasins, vous avez vu ces piscines pleines de balles molles où les enfants sautent et nagent ? Il parait que c'est pas pour les grands. Pff!
Je me demande si ça vaut la peine de se faire engager comme gardien de nuit pour...

◦

Quand tu dis « tout le monde sait bien que... » avec *tout le monde*, tu veux dire tous les humains ? Parce que je ne peux pas me figurer que les cancrelats, les betteraves et les lacs de montagne sont compris dans le lot. Et même parmi les humains, j'ai un doute non-négligeable en ce qui concerne Peter, le chevrier qui court dans la montagne, et Camille

qu'on a enfermée dans un asile il y a bon nombre
d'années.

□

De quoi peut bien venir le mot « crapule » ? cra-
paud, crapahuter, crapoteux?

Emprunté au latin *crapula* « excès de vin ».
1754, dans l'Encyclopédie : *Le terme de crapule ne
s'appliquoit qu'à la débauche du vin ; on l'a
étendu à toute débauche habituelle & excessive.*

□

Qu'est-ce que vous pensez de la coupe de cheveux
des footballeurs, vous trouvez ça beau ? Peut-être
que ma question est vaine. Peut-être qu'elle répond
à d'autres critères. Par exemple, se faire remarquer.
Je suis d'une génération où tout ce qui était l'appa-
rence visait vers le haut. Les couturiers, Dior, Saint-
Laurent, cherchaient à rendre l'humain plus élégant.
Le terme de « chic » se portait bien. En s'embellis-
sant, on était mieux dans sa peau.
Est-ce qu'on peut dire que les coupes de cheveux des
footballeurs sont chic ? Football - chic. En fait, ces
deux concepts ont tellement peu de rapport entre
eux que ça en devient risible.

□

Pourquoi on m'invite parfois à *boire verre*, alors que
je ne bois que ce qu'il y a dedans ?

□

Est-ce que, désormais, l'adjectif « redoutable » est
exclusivement réservé au substantif « efficacité » ?
Et inversement ?

□

Est-ce que les gens qui parlent du nez peuvent parler en mangeant ?

□

La dame blanche. Quel rapport entre un fantôme qui se balade sur le bord des routes et une glace que nous, on appelle « coupe Danemark » ?

□

Au concert, est-il acceptable que les musiciens jouent *en mineur* quand tu as payé une fortune pour un billet au premier rang ?

□

Quand tu es arrivé à la dernière parcelle du dentifrice qui fait des lignes, est-ce que, toi aussi, tu as massacré le bout du tube pour comprendre comment ça marche ?

□

Si le vendredi 13 porte malheur, pourquoi les sociétés de loterie nous proposent les plus gros lots à cette occasion ? Pour bien stigmatiser notre perte ?
Bande de sadiques !

□

« Tailler une bavette ». Pour ce qui est de la bavette, je vois un rapport avec la bouche et baver, mais *tailler* ?

□

Les étoiles, c'est joli, mais pour être franc, je m'en fous un peu. Par contre, j'adore leurs noms magiques : Bételgeuse, Sirius, Véga, Arcturus ?

Maintenant, ils leurs donnent des numéros. Tu trouves pas que c'est déprimant?

« La technique tomographique d'imagerie Zeeman-Doppler permet de déduire la géométrie des arches géantes que le champ magnétique dresse à la surface des étoiles ».

Dans ce domaine, plus on étudie, plus on s'enfonce dans la science, plus le romantisme s'éloigne.

□

Qui a inventé la machine à faire des bulles de savon ?

□

Le bricolage, la cuisine, l'art de remplir une feuille d'impôt, la lessive, le repassage, pourquoi tout ce qui est essentiel pour la vie de tous les jours n'est jamais enseigné comme une branche principale ni à l'école, ni à l'université ? C'est comme si l'instruction publique avait fait une croix sur le réel.

□

Est-ce que ce n'est pas incroyablement gonflé de relever des faute de français chez Brassens ? N'empêche que dans « les Amoureux des Bancs publics » il chante qu'ils « sont là, c'est notoire
Pour accueillir quelque temps
Les amours *débutants* ».
Amour, délice et orgue.

□

Qu'est-ce que l'hybristophilie ?

Certaines femmes tombent amoureuses d'individus

reconnus coupables d'avoir commis des crimes atroces ; elles leur écrivent dans les prisons et, parfois, les épousent.

Est-ce que ça encourage les serial killers débutants ?

□

Ils ont inventé le ruban de Möbius et la bouteille de Klein. Un cordon au trajet sans fin. Un flacon dont on ne peut pas boire le contenu.

Est-ce que les mathématiciens passionnés par la géométrie versent dans le sadisme ? Non le masochisme ?

□

On dit qu'il faut bien payer les politiciens pour éviter la corruption.

Mon frère a fait un cours « logique et statistique » à l'Uni, je vais lui lancer un coup fil.

Bof. Non. Je vais économiser cette dépense d'argent et d'énergie.

Tu y crois, toi ?

□

Est-ce qu'on devient plus superstitieux en vieillis-

sant ? Par essence, je suis quelqu'un de pragma-
tique, de raisonnable. Mais je dois admettre que,
lorsque je croise un chat noir, j'ai quand même un
pincement au cœur. Et je trouve cette remontée
superstitieuse vexante, déplacée, ridicule.

□

Pas de patience. J'ai aussitôt ouvert le paquet et pris
une *chip*, une *chipS* ?

En anglais : chip = copeau

Et pourquoi la puce électronique c'est UN chip ?

□

Est-ce qu'il y a quelque chose de plus craquant que
de fracasser d'un coup de talon la glace sur une
flaque gelée ?

□

Un doigt d'honneur, que vient faire l'honneur là-dedans ?

□

Est-ce que tout le monde voit le temps s'écouler à la
même vitesse ?

□

Quelle mouche l'a piqué ? C'est vrai ça, quelle

mouche pique ?

Quelqu'un a vraiment envie de devenir *maître du monde* ?

Pourquoi on parle de pain frais quand il est encore chaud ?

Est-ce que chatouiller fait plus rire qu'une bonne plaisanterie ?

- Combien pèse un ours polaire ?
- Assez pour casser la glace.

Les mâles adultes pèsent généralement entre 400 et 600 kg, mais peuvent parfois atteindre les 800 kg pour une taille de 2 à 3 m de long. Son espérance de vie est de 15 à 30 ans.

Tu te réveilles le matin, tu es à jeun.
Tu prends une petite collation, tu n'es plus à jeun, c'est le dé-jeuner. Après ça, tu ne peux plus être à jeun avant le lendemain matin. Alors pourquoi les

Français persistent à nous imposer des déjeuners après le petit déjeuner ?

❑

Sous l'influence américaine, et de Las Vegas en particulier, pourrait-on paraphraser le dicton qui veut que tout ce qui se passe à Versoix reste à Versoix ?

❑

S.M. / sms ou sms S.M. ?

❑

En dehors de la course des garçons de café, est-ce qu'il existe un autre concours pour savoir qui fera le plus de bruit en rangeant tasses et sous-tasses quand je suis assis à côté du comptoir ?

❑

J'ai passé cinquante ans, je n'ai pas de *Rolex*, mais une *Vacheron & Constantin*, est-ce que j'ai raté ma vie ?

❑

« Heure exquise qui nous grise lentement
La caresse, la promesse du moment
L'ineffable étreinte de nos désirs fous
Tout dit "gardez moi, puisque je suis à vous" »

LA VEUVE JOYEUSE / Franz LEHAR
adaptation française de R. de FLERS et G. de CAILLAVET

Je me demandais si, un jour, j'aurais l'occasion d'employer « ineffable ».

❑

D'une certaine façon, est-ce qu'on n'est pas toujours la tête dans les nuages ? Enfin dans l'atmosphère.

❑

Un peu de plomb dans la tête ? Mais le plomb, c'est

toxique. Et si c'est une balle, on n'en parle même pas.

◦

Autrefois, dans les poussettes, les bébés regardaient leur mère. Aujourd'hui elles sont tournées de l'autre côté, les enfants regardent les gens, les autos, la rue à la hauteur des gaz d'échappement, la vie qui passe à toute vitesse. Pas très calmant, pas très rassurant. Qu'est-ce que ça va nous donner comme adultes : pas très calmes, pas très rassurés ?

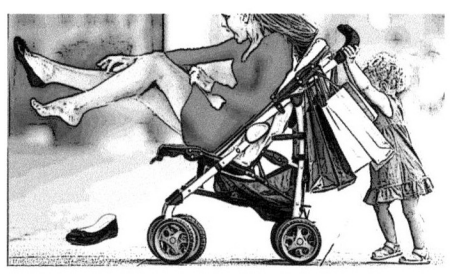

◦

La tête sur le bio ?

◦

« Ô rage ! Ô désespoir ! Ô vieillesse ennemie !
N'ai-je donc tant vécu que pour cette infamie ? »

◦

Du miel dans les oreilles ? Ah, c'est pour ça que j'entends parfois un bourdonnement, les abeilles viennent butiner.

◦

« Jeu de main, jeu de vilain ». Pianiste ?

◦

Je suis tombé sur cette tournure piquante du dix-huitième siècle : « le petit duc avait un esprit en trou de serrure ». Je me demande ce que nos enfants vont comprendre avec les serrures de sûreté et les étroites clefs actuelles.

□

Les poupées Vaudou, ça marche ?
J'en aurais l'usage, quelques vieilles peaux de vache en mémoire. Bon, avec le temps, il y a eu une sorte de « nettoyage » qui m'a permis de nombreuses économies et d'éviter de me piquer les doigts avec ces aiguilles.
À ce propos, j'ai entendu que la mauvaise herbe était la plus résistante. Il en découle soit que le concept est faux, soit que la mauvaise herbe, c'est moi.

> Mauvaise herbe croît toujours.
> *Érasme*

□

Les Anglais adorent la chasse au renard, est-ce qu'ils le mange ? Parait que sa viande n'est pas très bonne.

□

Quand on me demande quel est mon animal préféré, je réponds *la licorne*.
Pas très réel. Qu'est-ce que ça peut bien vouloir dire, Monsieur le psy ?

□

Pourquoi les gens qui disent « sculp*eu*ture » pour sculpture, ne disent pas « comp*eu*ter » pour compter ?

□

Je ne sais pas si je me trompe, mais je me demande si les prestidigitateurs n'auraient pas pris la grosse tête. Autrefois, ils faisaient sortir un lapin d'un chapeau, aujourd'hui, ils font disparaître un paquebot.

□

À ce propos, sortir un lapin de son chapeau, c'est bien, mais logique. Est-ce que quelqu'un a déjà sorti un chapeau de son lapin ?

□

Quel rapport entre le postillon, « cocher qui guide les chevaux dans un relais de poste » et une « gouttelette respiratoire ou une projection involontaire de salive » ?

□

Est-ce que la police canadienne est toujours « montée » ?

La Gendarmerie Royale du Canada est appelée, en anglais : Royal Canadian Mounted Police, c'est-à-dire « Police Montée Royale du Canada ».
Elle possède toujours une unité à cheval nommée « Carrousel » qui se produit avec grand succès lors de différentes manifestations.

□

Est-ce que les rois sont dérangés qu'au-dessus d'eux, il y ait un as ?

□

« Que sont mes amis devenus
Que j'avais de si près tenus

Et tant aimés ?
Ils ont été trop clairsemés »

□

Pourquoi on a fustigé les Chinois qui bandaient les pieds de leurs filles pour qu'ils soient petits et élégants, alors qu'on se rend toujours à l'opéra pour admirer les petits rats qui se mettent les pieds en sang pour danser sur les pointes ?

□

La multiplicité des formes de sparadraps, n'est-elle pas troublante ?

> Sparadrap est devenu une marque, mais l'origine est ancienne.
> Le nom masculin *Sparadrap* apparaît au XIVe s. : du latin médiéval sparadrapum, issu du latin classique *spargere* « étendre », et *drappus* « morceau d'étoffe ».

□

- Alors, quels sont vos projets pour ces prochaines années ?
- Rajeunir.

□

Tous ces trucs répétitifs, à la longue ça devient ennuyeux, la vaisselle, laver entre les doigts de pieds, repasser, passer l'aspirateur. On pourrait pas trouver un moyen pour faire tout ça à la queue leu leu, rassembler une bonne fois pour toutes, pour toute une vie, et passer à autre chose ?
Bon, en même temps, pour une vie de 70 ans, se brosser les dents pendant 35 jours sans manger, sans dormir, pas terrible.

Comme dit Souchon, est-ce que le soleil qui rentre par la fenêtre est malhonnête ?

Vu la suite, pourquoi les fabricants gaspillent du parfum sur le papier hygiénique ?

Maintenant, ils appellent les valises à roulettes des *valises trolley*. Mais le trolley c'était pas ce système en losange qu'il y avait au-dessus des trams ?

Trolley : dispositif mobile servant à transmettre le courant d'un câble conducteur au moteur d'un véhicule.

Pourquoi mon horoscope n'est pas du tout le même à la radio et sur mon journal ?

Que dire du destin d'un tenancier de vidéo club ?

Je ne crois pas à toutes ces théories du complot. Vous ne pensez pas que c'est que des trucs que certains lancent pour nous faire peur ?

Pourquoi le *Tour de France* ne passe jamais par la Martinique ?

◻

Tournedos Rossini. Quel rapport entre *montrer une face arrière*, un morceau d'entrecôte et un compositeur italien spécialiste des ouvertures d'opéra ?

Au XVIIIe s. on appelait *exposer à tournedos*, pour un poissonnier, l'action de disposer sur l'étal le poisson dans un sens contraire à celui qu'on lui donne ordinairement pour cacher qu'il est avarié. On appela ensuite *tournedos* les bouts de filets de bœuf restés quelques jours à la resserre et, ce terme ayant été mis par inadvertance sur une carte de restaurant, il aurait été adopté par le public qui en ignorait le sens.

◻

Omar m'a tuer ?

◻

Filer une trempe, c'est mouillé ?
Je me suis plongé dans les synonymes. Liste d'un des principaux sites : une raclée, une gifle, une baffe, une beigne, un beignet, une calotte, un camouflet, une claque, un coup, une giroflée, une mandale, une mornifle, un pain, un soufflet, une taloche, une tape, une tarte, une torgnole.
Je me demande pourquoi il y a une majorité de mots féminins.

◻

Dans la lutte féministe, j'ai, une fois entendu une réclamation pour qu'on utilise « elle pleut ». C'est peut-être beaucoup. Est-ce qu'on devrait pousser jusqu'à « on pleut » pour rester dans le neutre ?

◻

Dans cette lignée des accords de genre, est-ce qu'il existe des sages-hommes ?

◻

Je me suis surpris à... Est-ce qu'on arrive à se surprendre soi-même ? Vraiment.
Est-ce que ça ne reviendrait pas à la vieille expression: ma main gauche ignore ce que fait la droite ?

◻

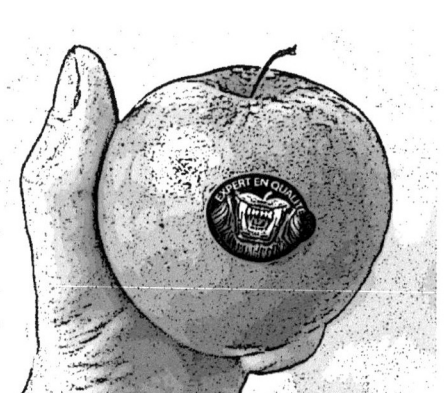

Sur les pommes, ils collent des petites étiquettes pour faire leur pub. On est sûrs que la colle n'est pas nocive ? Cet auto-collant, je l'arrache, mais je croque tout, y compris la pelure. Alors, est-ce qu'il reste de la cochonnerie chimique incrustée ?

◻

Violences familiales. Quel est le pourcentage d'hommes battus ?
Doit pas y en avoir beaucoup qui l'avouent.

◻

Les fonctionnaires de l'administration qui traquent les travailleurs au noir, ne seraient-ils pas un peu racistes ?

□

Est-ce que le sucre d'orge contient vraiment de l'orge ?

Oui et non. Inventé au XVIIe siècle, il s'agissait d'un mélange de sucre et d'une décoction d'orge perlé, mais aujourd'hui, il est remplacé par du glucose.

□

Quand j'étais enfant, on m'a dit que je ne devais pas prononcer le mot *cul*, alors pourquoi j'entendais parler de cul-de-sac ou cul de bouteille ? Cul-de-jatte ou cul-de-poule ?
Et après tout, culotte c'est tout proche. Et culbuter hein ! allez chercher l'origine.
Pour culte et culture, je suis moins sûr.
Et on évite « joint de culasse ».

□

Est-ce que la différence entre « feignant » et « fainéant » intéresse une seule des personnes concernées ?

□

Pendant les soldes, maintenant, ils collent partout des écriteaux avec la version anglaise « SALES », ils pensent vraiment que ça donne envie ?

□

À quoi sert de fabriquer une arme, si ce n'est pas pour s'en servir ?
À quoi sert d'autoriser la vente d'une arme, si celui

qui l'achète pense ça ?

À quoi sert de fabriquer une arme ?

□

Un jour, mon père a vu son nom dans la chronique mortuaire. C'est à moi qu'il a téléphoné en premier. Oui, à moi. Pour de m'informer afin que je ne m'inquiète pas ? Non, pour me demander si je n'étais pas l'auteur de la farce.

□

Est-ce qu'il fait froid dans la galerie des glaces ?

□

Quel est le pourcentage de gens qui lisent les modes d'emploi ?

□

Je bâille, tu bâilles, ils bâillent, pourquoi ?

□

Sept ans de malheur si tu brises une glace. Bon d'accord casser c'est jamais positif, mais c'est le même tarif si c'est un minuscule miroir de poche ou la glace de l'armoire de grand-maman ? Ça ne me parait pas très équilibré. Et si je proposais une négociation : sept mois pour l'un et sept ans pour l'autre, ça conviendrait ?

Est-ce qu'on doit aussi prévoir un tarif si c'est fendillé, juste une insignifiante fêlure ? Ou une ébréchure ? Là, je vote pour sept jours ?

◻

Il y a aussi cette exception : si tu casses un verre blanc, ça porte bonheur. Je ne suis pas foncièrement opposé aux échanges de vue, mais là, je vais être ferme: je ne suis pas d'accord. Cassé, c'est cassé. Je me demande bien pourquoi, tout à coup, il y aurait une dérogation dans ce cas, le verre cassé, cristal ou pas, il manquera toujours pour compléter la douzaine.

Remarque cette habitude de douzaine, est-ce que c'est bien indispensable ? Il y a longtemps que je n'ai plus douze personnes à dîner. Peut-être que je pourrais même me restreindre à une deuxaine, une paire, c'est bien.

D'ailleurs, à une époque, la mode était aux assortiments dépareillés.

◻

Est-ce qu'un seul rescapé du Titanic, en arrivant à bon port, a osé commander, pour se requinquer, un whisky *avec des glaçons* ?

◻

Dans le chapitre superstition, il y a : *passer sous une échelle*. Là, au moins, je comprends. Si c'est l'échelle du peintre, les chances de prendre une spatule ou un pot de dispersion sur la tête sont tout à coup multipliées. Mais lorsqu'on est architecte et que la visite des chantiers nous contraint à passer sous des dizaines d'échelles, est-ce qu'on est condamné à la scoumoune perpétuelle ?

□

Je ne parlerai pas des chats noirs, il y en a tellement dans mon quartier.

□

À la latitude de l'Europe, la terre tourne à une vitesse d'environ 1'100 km/h. Certains jours, ça ne me décoiffe même pas, est-ce uniquement à cause de ma calvitie ?

□

En amour, se prendre un râteau ça ressemble à ça ?

what else ?

□

À l'école, j'ai appris le latin, les équations du deuxième degré et l'emplacement de la Yougoslavie. Est-ce que quelqu'un a déjà fait le total de toutes les choses inutiles, et même pas marrantes, qu'on engrange sans jamais s'en servir pendant le reste de sa vie ?

□

Passée la vanité de l'exploit, quelqu'un pourrait me

dire à quoi sert d'aller marcher sur la lune.

□

Topaze. Est-ce qu'on peut vraiment être une pierre *précieuse* avec un nom si moche ?

□

En dehors de toute considération théologique, qu'est-ce qui est indubitablement éternel ?

□

Est-ce que c'est bien juste cette appellation de *ver solitaire*, alors qu'au contraire, il vit en permanence avec son hôte ?

□

Œil pour œil, dent pour dent. Est-ce qu'on a déjà appliqué la loi du Talion à un coupable de viol ?

□

♭≈ ↔≈ ♪☊↕↘▲△≈⑤ℛ▽   △↓≈⑤ ?

□

Quel rapport entre un coup dans l'aile et le pinard ?

□

Le pêcheur fait la gueule quand on fait trop de bruit parce qu'on dérange les poissons. Mais les pêcher, les tuer et les bouffer, c'est pas plus dérangeant ?

□

Pourquoi vitrer le hublot de la machine à laver ? Quand elle tourne, elle fait assez de bruit. Et quand elle se charge par-dessus, y en a pas.
Est-ce que certains s'assoient dans un fauteuil et regardent le linge tourner comme un feuilleton télé ?

□

- Vous croyez qu'il va pleuvoir ?
- Je sais pas, j'y suis pour rien.

Si les fourmis sont intelligentes en communauté, pourquoi les humains sont si stupides dans une foule ?

Des clopinettes, c'est des petites cigarettes ?

Je cherche le rapport entre député et amputé.

Il y a ce vieux film avec Ventura, « La Métamorphose des Cloportes », une histoire de voyous. Dans l'argot de la pègre, je savais qu'un cloporte c'était un mec méprisable, mais pour le reste... ?

Les cloportes ou porcellions sont des crustacés, les seuls entièrement terrestres, plutôt utiles puisqu'ils se nourrissent de matières en décomposition et contribuent au recyclage des déchets.

Combien sont ceux qui ont déjà réfléchi où ils allaient dissimuler le cadavre de celui qu'ils pourraient peut-être, éventuellement, si ça se trouve, on sait jamais, assassiner ?

Parait que le jogging, c'est bon pour la santé. Vous

croyez que je dois en acheter un ?

□

Tu es sûr de ne pas mélanger *il est en train de partir* et *il est parti en train* ?

□

Quelle parenté entre le banc de mon jardin et celui des morues ?

□

« Homo homini lupus ».
Mais est-ce que l'homme est un loup pour le loup ?

□

Pourquoi j'achèterais un nain de jardin ?

□

Chacun voit midi à sa porte. À la porte d'à côté, il est quelle heure ?

□

Pour rajeunir, est-ce qu'il suffit de se mettre en mode verlan ?
Entendu des lycéennes dans le bus : « c'est genre... une tuerie » qui permet de « kiffer sa race ».
Je suis vener.

□

Pourquoi je n'arrive pas à penser plus loin que la semaine prochaine?

□

Quand y en plus, y en a encore ?

□

L'amour propre, c'est de l'orgueil et l'amour sale, c'est... ?

□

Pour certaines particularités (flatteuses) les Français utilisent « french touch ». Suis-je le seul à ressentir une contradiction totalement incohérente à utiliser l'anglais dans la circonstance ?

De l'humour, ça ; même pas l'ombre d'un sourire.

□

Qui a inventé le tiroir ?

□

Ces histoires d'étoiles qui explosent à l'autre bout de l'univers, est-ce que ce n'est pas épouvantablement déprimant et risqué en regard de la nôtre ?

□

Un banc de poisson ?

□

Il y a 20 ans, des scientifiques « sérieux » hurlaient sur tous les écrans de télévision que le réchauffement climatique était une invention délirante de quelques écolos bons à fusiller en place publique tant ils ne faisaient rien qu'à faire peur aux gens...

Je me demande si leur père vendait du pétrole ou s'ils avaient des tonnes d'actions chez les constructeurs de centrales nucléaires.

Je me demande également si on ne devrait pas les obliger à habiter sur une de ces charmantes îles au milieu du Pacifique... en attendant que l'eau monte.

□

À Taïwan, est-ce qu'il y a encore des mecs dont le métier est de fabriquer des gondoles en plastique avec des petites lumières ?

□

À la sortie du casino, pour ceux qui ont claqué tout leur fric, est-ce qu'il y a un stand de roulette russe ?

□

Pourquoi on n'emploie pratiquement plus l'expression « ça sent le fagot », c'est-à-dire ça sent le bûcher pour sorcières et hérétiques ? J'y pense surtout quand je vois toutes ces séries télévisées avec sortilèges et morts-vivants.

□

À combien de sociétés appartiens-tu ? Moi, j'ai une carte Migros et je reçois les invitations du Musée d'Art et d'Histoire.

□

Est-ce qu'un faux-jeton peut avoir les jetons ?

□

Il ne faut pas dire de mal des morts. Pourquoi ? Ça va pas leur faire beaucoup d'effet.

□

Bizarre. Vous avec dit bizarre ?

□

Dans 10 ans, est-ce qu'il y aura encore une cabine téléphonique quelque part ?

□

Quand les gens divorcent, il y en a souvent un qui se

lance dans des critiques interminables sur l'autre. Ils oublient un peu facilement que ceux qui ne les connaissent pas trop, finissent par se demander : « Si c'est comme ça, pourquoi il/elle a vécu si longtemps avec ce/cette crétin/e ? Il/elle est vraiment trop con/conne.

Un écriteau « peinture fraîche ». Pourquoi y a-t-il toujours un crétin pour faire une tache en testant du bout des doigts ?

J'adorais jouer à saute-mouton, mais j'ai jamais bien compris les règles, y a un manuel pour ça ?

T'en a plus ou t'en a plus ?

Si tous les chemins mènent à Rome, comment je vais faire pour aller au boulot demain ?

Est-ce qu'on peut vivre avec, pour seule philosophie, ce qu'on entend dans les chansons ?

Une idée derrière la tête ?

Avec le réchauffement climatique, est-ce que les armateurs des actuelles compagnies maritimes ont moins peur de l'effet Titanic ?

- Tu pousses le bouchon un peu loin.
- Quel bouchon ?

Est-ce qu'un incendie a déjà détruit une caserne de pompiers ?

Les lacets de chaussure, l'art de manger des frites et le PQ n'ont pas de manuel mode d'emploi ?

Au fur et à mesure. C'est quoi ce « fur » et est-ce qu'on peut l'employer ailleurs ?

Fur : issu du latin *forum* « place publique, marché », a pris le sens de « prix pratiqué au marché ».

La nuit porte quel conseil ?

- Ça sert à quoi ces dessins de fourchettes et de théières sur mes essuie-tout ?
- C'est pour faire joli.
- Mais c'est moche, dans une cuisine blanche et propre.

Maisonnette, barbichette, statuette. Est-ce pareil pour une Salopette ?

Est-ce qu'il y a de la vapeur d'oignon dans les nuages pour qu'il pleuve ?

□

Si on est en surpoids, l'action la plus simple et la plus permanente, ce serait pas d'installer un miroir sur la porte du frigo ?

□

Sur les chapeaux de roue. Qui aurait l'idée d'accrocher son chapeau là ?

□

La vérité sort de la bouche des enfants. Qui croit à cette connerie ?
Les sorcières de Salem, celui qui crie « au loup ! » ou Antoine Doinel dans les 400 coups qui annonce froidement : « C'est ma mère... M'sieur... Elle est morte ! » ?

□

Que penser de celui qui a collé un placard « bébé à bord » et qui te fait une queue de poisson pour passer de la file de gauche à celle de droite ?

□

- Qu'est-ce que tu veux faire quand tu seras grand ?
- Rien.

□

Est-ce que, quelque part, il existe une rue Jésus-Christ ?

□

- Il est la coqueluche du Tout-Paris.
C'est une maladie insolite, non ?

□

Je me demande combien on a gaspillé d'arbres pour mes petites conneries ?

□

Y a-t-il le même pourcentage d'imbéciles dans les différentes parties du monde ?

□

La nuit tombe, le jour se lève. Y se battent, ou quoi ?

□

Mode d'emploi de ma machine à laver : « À la fin du cycle, l'appareil émet un Bip sonore. ».
Ça existe un Bip muet ?

□

- J'ai perdu mes clefs.
- Mais tu les as mises où ?
- Si je savais où je les ai mises, je les aurais pas perdues, tête de pioche !

□

Est-ce que ça vaut la peine de donner à une rue le nom de quelqu'un qui est mort ? Ça lui fait même pas plaisir.

□

Comment travaille un imprimeur qui a mauvais

caractère ?

□

« J'ai deux grands bœufs dans mon étable, deux grands bœufs blancs marqués de roux. »
C'est ce qu'on chantait dans mon enfance aux noces et banquets. Je n'ai plus aucune idée de la mélodie. Alors qu'est-ce que je raconte ?
Est-ce que je n'ai jamais assisté à aucune noce, aucun banquet ?
Est-ce que c'était une autre chanson ?
Est-ce que je perds
la mémoire ?

□

What's Up, Doc ?

□

Quoi de neuf doc-
teur ?

□

Un avion crache ?

□

Un procès-*verbal*, n'est-ce pas, au contraire, un morceau de papier où un représentant de la maréchaussée *écrit* ?

□

- Je vous fais mes plus plates excuses.
Ça peut être plat, une excuse ? J'essaie d'imaginer une excuse dodue.

□

Pourquoi les industriels de la brosse à dents s'ingénient à nous fournir perpétuellement des modèles différents ? Poils alignés, en éventail, en rangs séparés, je ne parle même pas de la forme, de la matière ou de la couleur du manche.

□

♫ *« J'ai fait trois fois le tour du monde*
Et les dangers font mon bonheur
J'aime le ciel quand le ciel gronde
La mer quand elle est en fureur
Dans mes voyages
Combien d'orages
Que de naufrages ! »

Les cloches de Corneville - Clairville et Charles Gabet

Personne ne fait le tour du monde en suivant exactement la ligne de l'équateur. En général, on adopte des itinéraires en place qui vont en zigzag sur la carte.

Face à ces histoires d'empreinte carbone, j'envisage un tour du monde économique en kilomètres qui passerait dans le haut du globe, mais toujours autour de l'axe de la terre, du genre : Sibérie, Alaska et Groenland. Est-ce que ça compte ?

En titre, on mettrait « Haut Tour du Monde ».

Bon. Et si je vais au Pôle Nord, au point exact, et je tourne en rond, un petit cercle, quelques mètres ; est-ce qu'on peut considérer ça comme un tour du monde ? Un tour de l'axe du monde alors ?

□

Qui a décidé que le fleuve, ce serait le Rhône, plutôt que l'Arve ou la Saône ?

□

Couleur bleu ciel d'orage ?

□

C'est quoi la couleur rouge cerise ? On a le choix

193

entre la cerise « cœur de pigeon » pratiquement noire, la merise virant à l'orangé ou la griotte très claire et transparente.

□

Je me demande si j'ai déjà vu une pub pour des allumettes, en revanche, j'ai vu de nombreuses pochettes avec des pubs pour autre chose, cigarettes bien sûr, mais aussi clubs, dancings ou chapeaux et cravates.

□

La police identifie les drogués aux cicatrices de piqûres sur les bras ; on n'a pas encore inventé le suppositoire à la cocaïne ?

□

Aujourd'hui, à chaque fois que passe une image de Notre-Dame de Paris, chacun ne s'applique-t-il pas à détecter si elle date d'avant ou après l'incendie ?

□

Quoi de neuf docteur ?

□

Qui a décidé qu'il n'y aurait pas d'accordéon ou de banjo dans un orchestre classique ?

□

À prononcer, le mot « pulpeux » n'est-il pas un des plus étranges de la langue française ?
Dans le genre qui illustre bien sa fonction, il y a « cascade ». Ou « grelotter ».
Et j'aime bien « trottinette ».

□

Est-ce que je pense juste en imaginant un rapport certain entre le cafard (déprime) et la course effrénée d'une sale bestiole noire et plate quand j'allume dans ma cuisine à trois heures du matin pour boire un verre d'eau ?

□

J'écris la phrase au-dessus ; j'écris « effrénée » avec une orthographe différente : « effreinée » et mon correcteur n'est pas d'accord, mais ça ne veut pas dire « sans frein » ?

Si !?

□

Pourquoi le mot « orthographe » est si compliqué ?
« Ortograf », tout le monde comprend.
C'est probablement symbolique.

□

Pourquoi suis-je insensible aux symboles ?

□

« Elle lui a demandé à brûle-pourpoint... ».

Bizarre, ça fait combien de siècles que plus personne ne porte un pourpoint ?

À brûle-veston, brûle-blouson, pas terrible.

Et puis d'abord, depuis quand des paroles brûlent les vêtements, on n'est pas des dragons.

□

Cerf-volant. Tu vois vraiment un cervidé, un grand ruminant garni de superbes ramures s'envoler au bout d'une ficelle ?

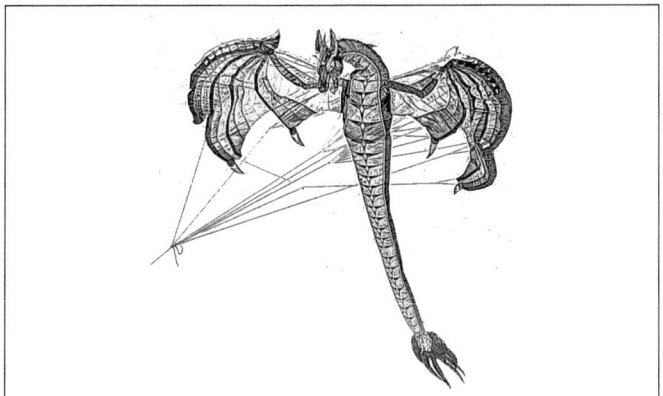

Déformation de *serpe-volante* où *serpe* signifie serpent. En occitan, on utilise encore *sèrp-volaira*. Il renverrait au dragon en forme de serpent volant qu'on trouve fréquemment représenté dans le monde asiatique.

□

C'est vrai que le Gare de Lyon est à Paris ?

□

Pute, c'était pas très beau; péripatéticienne, c'était compliqué ; mais le nouveau terme : « travailleuse

196

du sexe » ; ça vous aurait pas un petit air décourageant pour la clientèle ? Un côté usine-travail-à-la-chaîne ? Le sexe laborieux.
La débandade.

□

Quoi de neuf docteur ?

□

En France, le titre du ministre de la justice est garde des sceaux, garde des seaux, garde des sauts, garde des sots ?

□

Quoi ███████ docteur ?

□

Est-ce qu'on peut vraiment tordre le cou à une rumeur ?

□

Quelle différence y a-t-il entre le boniment d'un publicitaire et les déclarations d'un politicien ?

□

Y a vraiment un septième ciel ? Je ne vois même pas le deuxième.

□

Le cochon d'Ingres ou le violon d'Inde ?

□

L'heure tourne ? Non, ce sont les aiguilles qui tournent sur le cadran.

□

Comment se fait-il qu'on ait maîtrisé toute la technique pour envoyer des fusées sur la lune et qu'on n'a toujours pas une théière qui pisse pas à côté ?

□

You're talking to me ?

Est-ce qu'il existe encore des chanteurs de rue ?

Y a-t-il quelque chose de plus énervant que de casser un lacet de ses chaussures quand on est pressé de sortir ?

Le moment où on relève les ordures c'est l'heure poubelleuse ou l'heure poubellique ?

Maudire, sans mot dire ?

Le *mulet*, c'est un hybride entre âne et jument, un cerf qui n'a plus ses bois ou un poisson, mais quel rapport avec la « coupe mulet », une coiffure « nuque longue » qui empeste les années 80 ?

« Procrastiner », c'est un mot à la mode. Je vois à peu près ce que ça veut dire, mais est-ce que je ne devrais pas, une fois pour toutes, chercher le sens exact pour me le mettre en tête ?
Bon, d'un autre côté, y a pas urgence ; suffit que je ne l'utilise pas dans ma conversation.

Quel bon vent t'amène?

Je me demande quel est le pourcentage de gens qui dorment à l'opéra. C'est vrai, ils ont des excuses, la musique, ça berce.

❑

Ceux qui vivaient à la Belle Époque, est-ce qu'ils la trouvaient si belle ?

❑

Il a plu. Plaire ou pleuvoir ? Il a plus.

❑

Le début de la fin. Tant qu'à disserter des étapes, pourquoi on ne mentionne jamais la fin du début ?

❑

Pourquoi personne ne peut résister à l'envie de faire éclater les bulles des emballages de plastique ?

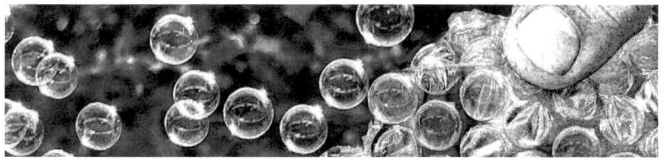

❑

On perd plus d'énergie à comprendre un imbécile ou un philosophe ?

❑

Avec, en tête, une litanie de questions comme celles-là, est-ce qu'on peut vivre 70 ans sans quelques séquelles ?

❑

Note : la plupart des réponses sont puisées dans Wikipédia et dans cnrtl.fr.

Prise de tête ?

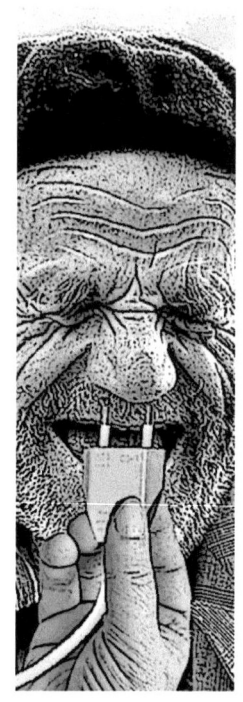

CITATIONS

À l'éternelle triple question toujours demeurée sans réponse : « Qui sommes-nous ? D'où venons-nous ? Où allons-nous ? » je réponds : « En ce qui me concerne personnellement, je suis moi, je viens de chez moi et j'y retourne ».

▫

L'eau bouillante, est-elle moins bouillante en hiver qu'en été ?

▫

Qui inventera la passoire à passer le temps ?

▫

Qu'est-ce que le passé, sinon du présent qui est en retard ?

▫

Il y a trop de lacets dans les routes de montagne. Pourquoi ne fait-on pas des routes à boutons ?

▫

Pourquoi, à l'instar des objets, n'existe-t-il pas un bureau des amours perdues et trouvées ?

▫

À quoi servirait l'intelligence si l'imbécillité n'existait pas ?

Pierre Dac

▫

Que faut-il faire quand on voit un animal protégé manger une plante protégée ?

Jim Carrey

▫

Si la natation est bonne pour la ligne, pourquoi les baleines sont grosses ?

Robert Mitchum

Si la corne de rhinocéros est un grand aphrodisiaque, pourquoi la bestiole est-elle en voie de disparition ?

Pierre Légaré

□

- Qu'est-ce que vous avez fait au Lycée ?
- Je suis passé de 1,55 m. à 1,85.

Gregory Peck

□

Au dernier Écossais à qui j'ai demandé ce qu'il avait sous son kilt, il a répondu : « Le rouge à lèvre de ta femme ! »

Mel Gibson

□

On dit qu'il y a une femme qui accouche toutes les 3 minutes, est-ce qu'on ne devrait pas la retrouver pour arrêter ça ?

Roland Magdane

□

Assez parlé de moi. Alors, ton opinion, ce matin, comment tu me trouves ?

Bette Middler

□

Est-ce que les chefs d'orchestre chinois dirigent avec une fourchette ?

Alex Vizorek

Mon mari m'a tellement trompée que je me demande si mes enfants sont bien de moi.

Mme De Morny

□

Le mariage n'est plus ce qu'il était. Quand je rencontre un homme, la question que je me pose, c'est : est-ce que c'est avec lui que j'ai envie que mes enfants passent un week-end sur deux ?

Rita Rudner

▫

- Vous avez eu combien de maris ?
- En comptant le mien ?

Zaza Garbor

▫

Si vous avez le choix entre sauver un enfant et faire une photo qui va vous faire gagner le prix Pulitzer, quel objectif choisissez-vous ?

Jerry Seinfeld

▫

- C'est pas des asiles de fous qu'il faut construire, c'est des asiles de cons.
- Vous imaginez la taille des bâtiments ?

Francis Veber

▫

Faut-il éviter de poser des questions pour être heureux ?

TROUVAILLES INTERNAUTIQUES

Est-ce que j'ai posé une question qui a déjà été posée ?

◻

La vengeance est un plat typique de quelle gastronomie ?

◻

C'est pas un peu sexiste de toujours dire « boycotter » et jamais « girlcotter » ?

◻

Pourquoi les miroirs sont aussi laids ?

◻

Ma bouteille d'après-shampooing dit que ça aide à augmenter le volume de mes cheveux, pourtant mes cheveux sont toujours muets. Est-ce que je dois changer de marque ?

◻

Un serpent, s'est-il déjà vraiment mordu la queue ?

◻

Est-ce que la société Durex réalise qu'elle tue ses futurs clients ?

◦

Si je ne suis pas le responsable d'une erreur, est-ce que ça fait de moi un irresponsable ?

◦

Pourquoi les gens qui disent que 80 % de la communication est non-verbale écrivent des livres, au lieu d'en faire un spectacle de mime ?

◦

Un mec est venu sonner chez moi pour me demander un petit don pour la piscine municipale. Pour ne pas passer pour quelqu'un de radin, je peux me contenter de lui donner un verre d'eau, mais peut-être que je devrais lui donner carrément un seau ?

◦

J'ai dit à ma femme que j'avais envie de la tuer, elle m'a dit que j'avais besoin de consulter un spécialiste. Vous connaissez un bon tueur à gages ?

◦

Est-ce que la voix est un instrument à cordes ?

◦

Quelles sont les 10 choses à ne pas savoir avant de partir à l'étranger ?

◦

Ça fait mal un coup de gnou ?

◦

Donner un sucre à un chien policier, est-ce une corruption de fonctionnaire ?

◦

Si un éléphant prend la défense d'un autre ; est-ce de l'altruisme ou du vol ?

◦

Est-ce que je dois prendre quelque chose pour ma

kleptomanie ?

□

Les prostituées dans une mauvaise passe, peuvent-elles se retrouver à la rue ?

□

Peut-on trouver normal qu'un homme arrêté pour un vol de voiture soit libéré pour bonne conduite ?

□

J'ai avalé un glaçon accidentellement et je ne l'ai pas encore vu sortir ; est-ce que je dois m'inquiéter ?

□

Est-ce que les nudistes détestent simplement faire la lessive ?

□

Pourquoi y a-t-il de la musique dans les ascenseurs, mais pas dans les escaliers ?

□

Peut-on dire d'un vampire qu'il a ça dans le sang ?

□

J'ai postulé pour un travailler dans un pressing et ils m'ont dit de repasser demain. Comment dois-je le prendre ?

□

Pourquoi Rorschach dessinait-il autant d'hommes nus ?

□

Pourquoi le mot *séparément* s'écrit tout attaché et *tout attaché* s'écrit séparément

□

Est ce qu'un muet peut faire la sourde oreille? Si oui, comment ?

□

Pourquoi on entend toujours parler des célébrités qui meurent, mais jamais de celles qui naissent ?

Où sont rangées les *!@#!*!* d'agrafes pour la *!@!!#@*!* d'agrafeuse ?

Tu quoque, mi fili ?

Est-ce que ça a un sens de mettre « ta gueule » par écrit sur les forums ? Ce serait pas plus juste de dire « tes mains » ? Cela dit, pour être aussi grossier, on pourrait dire « tes pattes ! » ?

Comment les chauves-souris font-elles pipi sans s'en mettre plein le visage ?

Pourquoi dans les compétitions d'échecs, les hommes et les femmes sont dans des catégories séparées ?

Si le Père Fouettard est le personnage qui fouette les enfants pas sages, que dire du Père Fouras ?

Est-ce qu'un paratonnerre croit au coup de foudre ?

Est-ce qu'un incendie peut se déclarer après l'extinction des feux ?

Les poissons-chats, retombent-ils toujours sur leurs nageoires ?

Pourquoi les souvenirs se dissolvent-ils dans l'alcool ?

Le miroir, est-il objectif ?

Si une entreprise chinoise crée quelque chose d'original, où est-ce qu'on en fabriquera la contrefaçon ?

Est-ce que le capitaine Crochet aime tricoter ?

Quel est le pire compliment ?

Si un astronaute se blesse dans l'espace, peut-on être certain que c'est une blessure sans gravité ?

La Peste, c'est Camus, mais la grippe est-ce Pagnol ?

Quand des parents vont changer leur bébé, pourquoi ils reviennent souvent avec le même ?

Les riches, quand ils meurent, ils vont dans un paradis fiscal ?

Faut-il supprimer la mention « sexe » de l'état-civil ?

Si j'installe un radiateur dans un frigo, lequel gagne ?

Peut-on faire confiance à une orange sanguine ?

Qu'est-ce qu'une frontière pour un oiseau migrateur ?

Si la foudre tombe sur ma voiture électrique, est-ce que ça me fait le plein ?

Est-ce que Mars est enrobée de chocolat ?

Pourquoi la colle ne colle pas à l'intérieur du tube ?

Quel est le rapport entre une couette (coiffure) et une couette (duvet) ?

C'est quand que l'inspecteur Harry rencontre Sally ?

Puisque le béton et le verre sont principalement constitués de sable, pourrait-on considérer les gratte-ciels comme de grands châteaux de sable ?

Quelqu'un pourrait-il faire le tour de la question ?

C'est quand l'eau est trop chaude qu'on se lave au gel douche ?

Les naturistes, font-ils des cauchemars dans lesquels ils sont complètement habillés ?

Je voudrais boire avec Modération, t'as son adresse ?

Est-ce que les animaux qui nous voient changer de tenue pensent qu'on change de peau ?

Que répond le berger à la bergère ?

□

Les cygnes sont bruyants, possessifs et dangereuse-ment agressifs, est-ce pour cela qu'on les utilise pour représenter l'amour ?

□

Quelqu'un a déjà répondu NON à la question « je peux vous poser une question » ?

□

Vous êtes en état d'arrestation.
Vous avez le droit de garder le silence. Dans le cas contraire, tout ce que vous direz pourra et sera uti-lisé contre vous devant un tribunal. Vous avez le droit de consulter un avocat et d'avoir un avocat présent lors de l'interrogatoire. Si vous n'en avez pas les moyens, un avocat vous sera désigné d'office. Durant chaque interrogatoire, vous pourrez décider à n'importe quel moment d'exercer ces droits, de ne répondre à aucune question, ou de ne faire aucune déposition.
Est-ce que vous avez compris vos droits ?

□

Alors qu'il y a plein de journées « sans » (sans tabac, sans viande, sans alcool, sans sexe, etc.), pourquoi n'y a-t-il pas de journée sans publicité ?

□

Au fond, dans un milliard, si t'enlèves le « 1 » il y a plus rien ?

□

Si je dis, au sujet de la Bible, que c'est un livre incroyable, c'est une critique positive ou négative ?

□

Pourquoi y a-t-il le pictogramme « produit inflammable » sur les boîtes d'allume-feux ?

Dans la féminisation des nom de métier, les agents de police qui s'occupent des chiens renifleurs, ce sont des maîtres-chiens. Au féminin, ça passera ?

Est ce que le terme capillotracté n'est pas un peu tiré par les cheveux ?

Si tout le monde est censé connaître la loi, pourquoi les avocats existent-ils ?

Pourquoi la vie finit toujours mal ?

Est-ce que la faim justifie les moyens ?

Quand les Huns attaquent, que font les Autres ?

Le film « Constipation » n'est pas encore sorti ?

De quoi est composée la poudre de perlimpinpin ?

Qu'est-ce qui est plus cher ? La peau des fesses ou les yeux de la tête ?

Un berger qui compte ses moutons le soir en rentrant à la bergerie ne risque-t-il pas de s'endormir ?

Est-ce que les girafes sont plus touchées par la foudre que les autres animaux ?

Ça pourrait être quoi une course d'orientation

sexuelle ?

▫

Les portes automatiques des super marchés, s'ouvrent-elles au passage de l'homme invisible ?

▫

Les chiens aboient & la caravane passe, d'accord, mais si les chiens n'aboient pas ?

▫

Elle en n'a pas marre de te suivre partout, ton ombre ?

▫

Quand un bébé rote, on le félicite, quand c'est un adulte, on l'engueule. Jusqu'à quel âge on a le droit ?

▫

Est-ce qu'un trou noir, c'est troublant ?

▫

Qui a voté la loi des séries ?

▫

Les garçons de plage, ont-ils le droit de grève ?

▫

Peut-on civiliser les fleurs sauvages ?

▫

Sur cent candidats à la licence de géographie, combien sont-ils capables de situer le pays de Cocagne sur une carte muette ?

▫

La nature, est-elle capable d'imiter l'art ?

▫

La nudité, est-elle un manque d'imagination ?

▫

Faut-il toujours chercher midi à 14 heures ?

▫

Sachant que les humains ne voient pas l'air, est-ce que les poissons voient l'eau ?

❑

Y a-t-il des bouchons dans la ville de Liège ?

❑

Faut-il se débarrasser des gosses si le chat est allergique ?

❑

Si lorsqu'on se lave, on est propre ensuite, pourquoi la serviette devient-elle sale ?

❑

Le plat préféré du Petit Poucet est-il le pain perdu ?

❑

Pour éteindre l'ordinateur, pourquoi faut-il aller dans « Démarrer » ?

❑

Que faisaient les vaches pour passer le temps avant l'invention du train ?

❑

Est-ce le pouvoir qui corrompt les hommes, ou est-ce que seuls les hommes corrompus parviennent au pouvoir ?

❑

Où doit-on jeter le papier de verre ? Dans la poubelle pour le papier ou celle pour le verre ?

❑

Un meurtre vient de se produire, je dois appeler Esprit Criminel, NCIS, Les Experts Las Vegas, Bones ou le Mentalist ?

❑

Qu'elle est le masculin de pute ?

❑

Qui a choisi mon nom de famille ?

□

Pourquoi les magasins ouverts 24h/24 ont-ils des serrures ?

□

Dieu, a-t-il créé les extra-terrestres à son image ?

□

A quoi sert la race humaine ?

□

Pourquoi y a-t-il écrit FIN à la fin d'un film ? On a peur que les gens ne sortent pas de la salle de ciné ?

□

On dit « il enfile son pantalon ». Pour l'action contraire, dit on « il défile son pantalon » ?

□

Comment cultiver un champ de mines ?

□

J'ai acheté un arbre à chat, dans combien de temps pourrais-je cueillir mes premiers chatons ?

□

Pourquoi le cordon-bleu n'est-il pas bleu ?

□

Étant donné que je fréquente toujours le même club échangiste, peut-on dire que je suis un homme fidèle ?

□

Est-ce que Louis XVIII est l'abréviation de Louis Louis Louis Louis Louis Louis Louis Louis Louis Louis Louis Louis Louis Louis Louis Louis Louis ?

□

Ils sont pas un peu psychopathes ceux qui ont crées

Kinder, sachant que ça veut dire enfants en Allemand ? « J'ai acheté des *enfants* aux supermarchés, pour les manger cet après-midi ».

□

Pourquoi la dame de trèfle est elle la seule à ne pas avoir de fleur ?

□

Pourquoi, quand on ferme les yeux, on ne voit pas l'intérieur de la paupière ?

□

Pourquoi dit-on que l'on « parle à un mur » alors que « les murs ont des oreilles » ?

□

Les vers de terre, sont-ils des intraterrestres ?

□

Mais enfin, QUI pleut ?

□

Est-ce que les bipolaires ont toujours froid ?

□

Pourquoi ont dit jambon blanc alors qu'il est rose ?

□

Pourquoi n'y a-t-il pas d'œufs d'autruche en supermarché ?

□

Pourquoi, dans les trains, le marteau qui sert à casser une vitre est lui-même derrière une vitre ?

□

Comment annoncer à une personne cardiaque qu'elle a gagné au loto ?

□

Un savon, peut-il être sale ?

□

Pourquoi dit-on un carré de sucre alors qu'en réalité, c'est rectangulaire ?

□

Quand certains chanteurs en concert demandent aux spectateurs de chanter les chansons à leur place, les spectateurs sont-ils en droit de se faire rembourser une partie du spectacle ?

□

Pourquoi l'un des airs les plus joués à la guitare s'appelle « Jeux interdits » ?

□

Quels sont les superpouvoirs de Heroinoman, Cocainoman, Nymphoman, Mythoman ?

□

L'expression « Faut pas pousser mémé dans les orties » est-elle basée sur des faits réels ?

□

Pourquoi la peau des fesses coûte-t-elle plus chère que la peau des autres parties du corps ?

□

Pourquoi est-il impossible de ne sortir qu'un seul mouchoir à l'ouverture de la boîte ?

□

Combien y a-t-il de grains de riz dans un paquet de 1 kg ?

□

Est-ce que les insectes transpirent ?

□

Pourquoi on interdit le téléphone au volant en disant qu'il distrait le conducteur, mais on autorise les panneaux publicitaires sur toutes les routes ?

□

Puisque les noix de coco sont poilues et produisent du lait, pourquoi ne sont-elles pas des mammifères ?

□

Pourquoi dis-t-on de mettre les arêtes de poisson dans le coin de notre assiette alors qu'une assiette n'a pas de coin ?

□

Pourquoi les catcheurs combattent pour des ceintures alors qu'ils ne portent pas de pantalons ?

□

À quoi servent les psys quand on a des coiffeurs ?

□

Comment les tortues font-elles pour se laver ?

□

En moyenne, quelle distance parcourent les vers de terre dans leur vie ?

□

Pourquoi fait-on faire à son index de drôles de petits ronds lorsqu'on évoque un escalier en colimaçon ?

□

Une tranche de vie, ça fait quelle épaisseur ?

□

Pourquoi le bouquetin c'est pas le petit du bouc ?

□

Les femmes de ménage, quand elles nettoient chez elles, se disent-elles « merde, je travaille gratos là » ?

□

À quoi rêvent les somnambules ?

□

Puis-je acheter un costume du Ku Klux Klan au marché noir ?

□

Jusqu'où iront Gillette et Wilkinson dans le nombre de lames des rasoirs ?

□

Pourquoi prend-on une petite voix débile quand on s'adresse à un bébé ?

□

Une allumette, c'est une future tête brûlée ?

□

Quel est le nom de famille d'Astérix ?

□

Pourquoi l'homme en vieillissant, moins il a de cheveux sur la tête, plus il en a dans les oreilles ?

□

Est-ce que les rhinocéros n'en ont pas marre d'avoir toujours une corne au centre de leur champ de vision ?

□

Pourquoi met-on une pizza de forme ronde dans une boite carrée pour la découper en triangle ensuite ?

□

Si je porte des lunettes de soleil la nuit, est-ce qu'on peut dire que ce sont des lunettes de lune ?

□

On dit « haut les mains » pour mieux faire main basse ?

□

Si le nom de la couleur orange vient du fruit, et que ce même fruit a été importé seulement à partir du XIe siècle, comment qu'on désignait la couleur avant ?

Est-ce logique que le vainqueur de la route du rhum fête sa victoire avec une bouteille de champagne ?

Comment traduit-on les noms de famille en langage des signes ?

Pourquoi le son se mesure en décibels et pas en bels ?

Comment expliquer ce qu'est le racisme à des aveugles de naissance ?

Qui décide du sexe d'un pays ?
On dit LA France mais LE Portugal.
LA Belgique mais LE Luxembourg
LA Bolivie mais LE Brésil
etc.

À quel âge dois-je avouer à mon chien qu'il a été adopté ?

Pourquoi les livreurs de pizzas en scooter, ne distinguent pas les couleurs d'un feu de circulation ?

Préférez-vous péter une durite, un câble, un boulon ou les plombs ?

Au restaurant, pourquoi plus la cuisine est légère, plus l'addition est lourde ?

Savez-vous qu'au Vatican, il y a 2 papes par kilomètre carré ?

Pourquoi ne fabrique-t-on pas les avions avec la même matière que les boîtes noires ?

Comment traduire clown en français ?

Pourquoi le papier peint s'appelle papier peint et pas papier imprimé ?

Est-ce que l'infertilité est héréditaire ?

Pourquoi dans les livres pour enfants, c'est écrit beaucoup plus gros que dans les livres pour adultes, alors que ce sont les enfants qui ont la meilleure vue ?

Pourquoi dit-on avoir « le trouillomètre à O » quand on a très peur, alors qu'on devrait logiquement l'avoir au maximum ?

Combien de kilomètres de papier toilette utilise-t-on dans notre vie ?

Mais que font les divinités indiennes avec tous ces bras ?

Pourquoi les biscuits durs deviennent mous et les biscuits mous deviennent durs ?

Si Dieu sait déjà ce que nous allons faire a l'avance pourquoi il ne nous juge pas tout de suite ?

Pourquoi est-ce que « ma puce » est un surnom mignon, alors que tout le monde déteste ça ?

Comment fait un dragon pour éteindre ses bougies d'anniversaire ?

Pourquoi *hémisphère* est-il masculin alors que *sphère* est féminin ?

Pourquoi l'eau n'a pas de couleur ?

Si on met trop des magnets sur le frigo, est-ce que les épinards restent collés à l'intérieur de la porte ?

On dit toujours que Neil Armstrong était le premier homme a marcher sur la lune, mais qui a filmé sa descente de la navette ?

Ça serait pas plus facile d'utiliser un ciseau à table, plutôt qu'un couteau ?

On dit « ce sont toujours les meilleurs qui partent en premier » cela signifie-t-il que les centenaires sont les pires d'entre nous ?

Ce n'est pas bizarre que les appareils photo fassent des photos rectangulaires alors que les objectifs sont ronds ?

Peut-on avoir des trous de mémoire à force de se creuser la tête ?

Pourquoi dit-on « arrière-grand-père » et « arrière-petit-fils », on ne devrait pas plutôt dire « avant-petit-fils » ?

□

Pourquoi les quartiers populaires sont si impopulaires ?

□

Comment sont effectués les tests qualité des anus artificiels ? Et par qui ?

□

Quelle est la définition de *définition* ?

□

Les morses, communiquent-ils vraiment entre eux avec des points et des tirets ?

□

Est-ce que quelqu'un a déjà réussi à attraper une peluche avec le grappin à la fête foraine ?

□

Pourquoi on dit « madame » alors que c'est pas la mienne ?

□

Pourquoi les dialogues des films ne contiennent jamais de cafouillages langagiers (bégaiements, phrases mal structurées...) alors que ça nous arrive tout le temps dans la vie ?

□

Obélix n'a pas besoin de prendre de potion magique, car il est tombé dedans quand il était petit. Pourquoi, ils ne le font pas avec tous les enfants ?

□

Les chauves, ont-ils l'obligation de porter un bonnet

de bain ?

□

Les « purs-sangs » ne contiennent même pas un peu d'os ?

□

En Afrique, est-ce que les chats blancs portent malheur ?

□

Un lapin qui vient de manger un trèfle à quatre-feuilles court-il moins de risque d'être tué par un chasseur ?

□

Peut-on dire qu'un squelette dans un placard a gagné au jeu cache-cache ?

□

Pourquoi c'est plus attirant de manger du chocolat que des pommes ?

□

Pourquoi à la fin d'une interro, je dois rendre une copie, alors que j'ai pas le droit de copier ?

□

Si les hérissons traversent la route, c'est pour montrer ce qu'ils ont dans le ventre ?

□

Dans un corbillard, la place du passager avant est-elle également appelée « place du mort » ?

□

La vache qui rit est-elle à moitié dans mon lit ?

□

Si je mange des crevettes, des huîtres, du homard, des bulots et des moules, est-ce que j'aurais rempli mon contrat 5 fruits et légumes par jour ?

Avez-vous déjà mis des gants dans une boîte à gants ?

Pourquoi les papillons de nuit sortent la nuit, mais sont toujours attirés par la lumière, ce ne serait pas plus simple pour eux de sortir la journée ?

Quand nous utilisons l'expression « huile de coude » est-ce que les canards utilisent l'expression « huile de palme » ?

Qui a décidé d'appeler « Grande Ourse » une constellation en forme de casserole ?

Pourquoi règle-t-on toujours nos alarmes sur une heure pile comme 6 h et pas sur 6 h 03 par exemple ?

Peut-on casser une autre couleur que le blanc ?

Pourquoi les gens se bousculent pour embarquer dans un avion alors que les sièges sont numérotés ?

Pourquoi plus on a de blé, moins on est sur la paille ?

Éléonore peut-elle être au sud ?

Est-ce que le point d'exclamation (!) est un point d'interrogation (?) de profil ?

Pourquoi y a-t-il de la lumière dans le frigo, mais pas dans le congélo ?

□

Pourquoi « Moustachedesouris » n'est pas un prénom alors que Barbara en est un ?

□

Pourquoi est-ce que la plupart des gens se sentent troublés lorsqu'une phrase ne se termine pas comme ils l'avaient cendrier ?

□

Les acteurs de porno, doivent-ils coucher pour réussir ?

□

Si vous deviez choisir entre gagner 1 million d'euros ou donner des logements aux SDF, vous feriez quoi avec tout cet argent ?

□

Les gens, aiment-ils vraiment le café, ou aiment-ils juste son effet dopant ?

□

Quand on n'y voit rien, on dit qu'on y voit comme dans le trou du cul d'un nègre ? Parce qu'on y verrait mieux dans le trou du cul d'un blanc ?

□

Que pensez-vous de la couleur « caméléon » ?

□

Si on fait un nœud avec un serpent, arrivera-t-il à se dénouer ?

□

L'imparfait du subjonctif, peut-il disparaître un jour ?

□

Comment écrit-on « ne pas toucher » en braille ?

□

Est-ce que les trèfles à deux feuilles portent malheur ?

□

Vu que MacDonald a un sandwich qui s'appelle le M, pourquoi Quick ne ferait pas un sandwich qui s'appelle le Q ?

□

Qui a décidé de l'ordre de l'alphabet ?

□

Combien faut-il tuer de canards pour avoir un oreiller en duvet ?

□

C'est quoi la fonction exacte d'un chewing-gum ?

□

Dans le dictionnaire, à la définition de « dictionnaire » est-ce qu'il est écrit : « La chose que vous tenez dans vos mains » ?

□

Pourquoi les couvercles de cercueil sont vissés ?

□

En quoi une exception confirme-t-elle une règle ?

□

Si je télécharge la Bible illégalement, je vais au paradis ou en enfer ?

□

Pourquoi la dernière volonté d'un condamné à mort n'est jamais qu'on le libère ?

□

Pourquoi pour dire 6 on dit une demi-douzaine et pour dire 5 on ne dit pas une demi-dizaine ?

Pourquoi élever un animal pour sa fourrure, c'est scandaleux, mais l'élever pour le manger, c'est normal ?

Si un agneau se déplace silencieusement, peut-on dire qu'il avance à pas de loup ?

Les religions, sont-elles des sectes qui s'en sont mieux sorti que les autres ?

Pourquoi « nouvelle recette » est un argument de vente, mais « recette inchangée » est aussi un argument de vente ?

D'où peut provenir cet assemblage de mots grotesques : « Minute Papillon » ?

Pourquoi les expressions « j'en doute » et « je m'en doute » ont-elles des sens diamétralement opposés ?

Est-ce que les habitants du monde aquatique considèrent les ricochets comme des attaques terroristes ?

Quel est le premier mot qui a été inventé ?

Le film muet « The Artist » a raflé 5 Oscars. Est-ce à dire que les Français ne sont appréciés que quand ils la ferment ?

Comment appelait-on le sadisme avant Sade ?

Vous ne trouvez pas que les nudistes sont quand même culottés ?

Pourquoi, dans les films, les extraterrestres s'écrasent toujours aux États-Unis ?

Hulk, a-t-il la main verte ?

Est-ce que les musulmans ont des tirelires en forme de cochon ?

Où est vraiment le trou du cul du monde ?

Lorsqu'un mime meurt, y a-t-il une minute de parole ?

Pourquoi il n'y a pas d'aide psychologique pour ceux qui ne gagnent pas au loto depuis 30 ans, alors que ceux qui gagnent le gros lot 1 fois en ont une ?

Demander à un noir dans quelle branche il travaille, est-ce du racisme ?

Peut-on dire que le suppositoire est une invention qui restera dans les annales ?

Si l'amour rend aveugle, pourquoi nous en fait-il voir de toutes les couleurs ?

Pourquoi, dans les films, les personnes poursuivies par une voiture, courent toujours sur le milieu de la route au lieu de se barrer sur les côtés ?

□

Que signifie « bourre et bourre et ratatam » ?

□

Entre l'infiniment grand et l'infiniment petit, y a-t-il l'infiniment moyen ?

□

Un bagage sans nom sur une étiquette est considéré comme un colis piégé. Les terroristes ne savent pas écrire ?

□

Le tour de France n'est-il qu'une bande d'alcooliques regardant une bande de drogués ?

□

Comment fait Mowgli pour avoir une frange et une coupe au carré alors qu'il est dans la jungle avec des animaux ne savent pas se servir de ciseaux ?

□

Comment font-ils pour monter une grue ? Ils utilisent une grue ?

□

Pourquoi, quand j'ouvre une boîte de médicaments, je tombe toujours du côté de la notice ?

□

Pourquoi les grands huit n'ont pas la forme d'un huit ?

□

LORSQU'ON LIT QUELQUE CHOSE EN MAJUSCULE, POURQUOI EST-CE QU'ON IMAGINE L'AUTEUR EN TRAIN DE CRIER ?

□

C'est quoi l'équivalent de l'expression « se retourner

dans sa tombe » pour quelqu'un qui a été incinéré ?

▫

Depuis quand les corbeaux et les renards aiment-ils le fromage ? Non, sérieusement, depuis quand ?

▫

Pourquoi est-on chatouilleux sous les pieds ?

▫

À un flic qui me dit « papiers », si je réponds « ciseaux », c'est moi qui gagne ?

▫

Est-il possible que l'homme le plus intelligent ayant jamais existé soit un homme des cavernes ?

▫

Pourquoi, dans les avions, il y a des gilets de sauvetage au lieu de parachutes ?

▫

Pourquoi nos doigts ne font-ils pas tous la même taille ?

▫

Où acheter une peau d'ours ?

▫

Comment la pancarte « défense de marcher sur la pelouse » est-elle arrivé au milieu de celle-ci ?

▫

Pourquoi les bouchons des réservoirs d'essence ne sont pas tous du même coté à l'arrière des voitures ?

▫

Pourquoi les poissons rouges sont-ils orange ?

▫

Pourquoi, quand j'ouvre le frigo, je n'ai jamais le temps de voir le petit lutin qui allume et éteint ?

▫

Quelqu'un a-t-il déjà eu des couilles en or ?

□

Pourquoi les caravanes et les camping-cars sont-ils toujours blancs ?

□

Pourquoi n'existerait-il que des fantômes d'humains ? Pourquoi pas, par exemple, des fantômes d'éléphants ?

□

Pourquoi le médecin légiste a-t-il le droit de prescrire des médicaments ?

□

Pourquoi dit-on « qui se ressemble s'assemble » et « les opposés s'attirent » ?

□

Pourquoi, dès le plus jeune âge, on nous interdit de mentir alors qu'on nous fait croire au Père Noël ?

□

Pourquoi on dessine sur le plâtre de celui qui a un membre cassé ?

□

Vous connaissez des gens qui utilisent encore des patins pour ne pas abîmer le parquet ?

□

Si je creuse un trou qui part du pôle Nord jusqu'au pôle Sud et que je saute dedans, je vais ressortir les pieds en premier ?

□

Pourquoi claque-t-on des dents quand on a froid ?

□

Pourquoi a-t-on des poils sur le dessus des bras et pas sur le dessous ?

Pourquoi, lorsqu'on a les mains prises, notre nez commence à nous gratter ?

□

Est-ce que le lundi est la punition pour tout ce qu'on a bien pu faire pendant le week-end ?

□

La fermeture éclair est elle une idée lumineuse ?

□

Pourquoi les personnages des séries américaines mangent de la glace en pot avec des grosses cuillères lorsqu'ils ont un chagrin d'amour ?

□

Suis-je considéré comme raciste si je dis que j'ai peur du noir ?

□

Pourquoi on nous demande parfois de lire entre les lignes, alors qu'il n'y a jamais rien d'écrit entre les lignes ?

□

Le pingouin, ça se mange ?

□

Es-ce que ça porte malheur d'écouter ou de chanter du Claude François sous la douche ?

□

Est-ce que les enfants qui jouent dans des films d'horreur interdits aux moins de 12 ou de 16 ans sont autorisés à regarder leur film ?

□

Peut-on se convertir à l'athéisme ?

□

Si t'es tout seul dans une voiture anglaise avec

conduite à droite, comment tu fais au péage de l'autoroute ?

□

Puisqu'on dit que ça coûte les yeux de la tête, cela veut-il dire qu'on a des yeux ailleurs ?

□

Pourquoi on parle de surpopulation et jamais de surcopulation ? Le problème commence par là, non ?

□

Qui a décidé que les fourchette auraient quatre dents ?

□

Miss France, son rôle, c'est de représenter la France à travers le monde. Mais miss Univers... c'est quoi son job ?

□

On parle de « peur du noir », mais quelqu'un a déjà flippé en voyant un feutre noir ?

□

Si les animaux se lavent en se léchant, comment font les hérissons ?

□

Combien y a-t-il de « poils » sur une brosse à dents ?

□

Combien de gens ont le même code de carte bleue ?

□

L'avenir appartient il à ceux qui ont des ouvriers qui se lèvent tôt ?

□

Quelqu'un a-t-il déjà fini une gomme ?

Si Dieu existe pourquoi il ne nous le dit pas tout simplement ?

Pourquoi les gens répondent-ils « parce que c'est comme ça » au lieu de dire qu'ils ne savent pas ?

Pour les vampires qui perdent une dent, c'est la petite chauve-souris qui vient les prendre la nuit sous leur oreiller ?

Pourquoi écrit-on « à vendre » et non pas « à acheter » ?

Dans une vie, combien de kilomètres a-t-on parcouru avec la roulette de la souris ?

Pourquoi « pourquoi » ne s'écrit-il pas :

TABLE DES MATIÈRES

Végétal – animal 11

Cuisine et salle à manger...............................21

Le diable au corps 29

Sport 37

Auto, route et autres 40

La plume 45

Polar...55

Les bons contes 57

Disney land 67

Que vivent les super-héros 69

Pub 73

Monde virtuel 81

Les écrans...85

Spécial Noël 89

Pâques 91

Églises 93

Voir chez les Grecs 102

Et les Romains 104

Vous êtes connu ? 107

Divers 115

Citations...201

Trouvailles internautiques...........................207

Bon, c'est pas tout ça, mais qu'est-ce qu'on mange ce soir ?

Nîmes   2021